禍根

衛斯理著

自序（一）

「禍根」這個故事，在香港忽然換了一個出版社——這和讀者諸君的關係不大，反正看到的，還是這個故事，一字不易。至於為甚麼要換了出版社，那更和讀者無關了，所以不必說。

值得一說的是，這個故事，是對一連串在苗疆發生的事一個小結，在「禍根」之後的一個故事，已定名為「陰魂不散」，發生在「陰魂不散」中的事，很自然地，和發生在若干年之前，直到最近才整理出來的，有關陰間的謎團，銜接在一起。

和陰間謎團有關的記述，已有的是：「從陰間來」，「到陰間去」，「陰差陽錯」三個，很快會見到的就是「陰魂不散」。那些故事，有的用第三人稱來敍述。在「陰魂不散」之後，故事的發展，由謎團而到神秘的陰間之謎逐步揭露，已自然溶而為一，再以後的發展，自然也不必一分為二，就都用第一人稱，大家都熟悉的「我」了。

居然預言了「以後」的事，大約是喝醉了——不然，怎麼會對不可測的「以後」下結論呢？

一九九二年一月十四日
凌晨二時四十三分，溫度很低，冷

註：自序（一）竟比自序（二）在時間上遲了二十天，「以後」的事難預測，可想而知。

自序（二）

一連串的苗疆為背景的故事，到了這一個，可以告一段落了，因為，該出來的人都出來了。

寫這個故事，有兩個很深刻的體會，一個是：根據一些現象所作出的判斷，有時離事實很接近，但也有些可以完全不是那麼一回事。

「眼見為準」，並不可靠——有太多的事，是眼見了，也作不得準的。

另一個是：無形無跡的權力，確實是受害人自己製造出來的，人人都不聽他的，或是大多數人都不聽他的，他的權力自何而來？若說權力來自奴性，也很合事實。

都願意聽他，他自然就大權在握，可以翻江倒海了！受權力所害的人，竟是自己害自己！很滑稽，是嗎？

倪匡

一九九一・十二・廿三

香港，節日氣氛濃極

又，「烈火女」和這個故事中，提到人經過火焚而成仙（變了外星人）。倒是古已有之，晉朝時已有記載，赤松子，寧封子等著名的仙人，都是「火化登仙」的，比我早了一千七百多年記述了這種異象的是干寶先生，他作品的名稱是《搜神記》，希望再一千七百年之後，這種異象會普遍——地球越來越不可愛，有提供外星「移民」的必要。

目錄

（一）鐵天音的目的

常言道：樹有根，河有源。就算大詩人李白詩興大發，寫下了「黃河之水天上來」這樣的詩句，黃河之源，也還在天上。

不單是樹、河。天地間萬種事物，億種現象，都有根源。禍事是天地間的現象之一，自然有禍根。

切斷樹根，樹不再活；堵住河源，河不再流。那麼，剷除禍根，是不是可以禍事不生呢？

理論上是可以的——只要能找到禍根，只要能找到禍根之後，有辦法把它剷除。

理論上確然如此，只可惜有太多理論上可以成立的事，無法實行，或者說人類的力量做不到。

像地震，這種災禍的原因，誰都知道是由於地球板塊亂七八糟互相傾軋的結果，可是有甚麼力量可以把這些板塊排列整齊呢？

而且，要找禍根，也有困難。誰都知道「潘多拉的盒子」是怎麼一回事——一個叫潘多拉的女人，不聽告誡，打開一隻盒子，人類的一切災禍，全從盒中飛出來，為禍人世，只留下了「希望」在盒底，使人間變成了沒有希望的世界，悲慘之至。

這件事，闖禍的是潘多拉這個女人。

這個女人是怎麼來的呢？是天神宙斯製造出來的。天神宙斯為甚麼要造了這樣一個闖禍的蠢女人呢？是因為普羅米修斯為了造福人類，把火從天上偷到了地上，使人懂得用火，宙斯因此大怒，所以製造了潘多拉，送給普羅米修斯，想害他——宙斯的方法很好，再沒有比送一個又蠢又壞的女人給一個男人更好的懲罰方法了。

又經過了一些曲折，潘多拉打開了那隻盒子。那麼，禍根是不是普羅米修斯的行為呢？

本來是造福，變成了大災禍。

李耳先生說：「禍兮福之所倚，福兮禍之所伏。」

大有道理。

若不是普羅米修斯的行為，人類至多沒有火用，不會像如今那麼悲慘。沒有火用，關係不是太大，是不是？

普羅米修斯是不是反而害了人類呢？

別以為這樣剖解神話傳說沒有意義，事實上，神話世界中的一切行為，和人世間並無二致，很是相同。

好了，還是說故事吧。

照例，上一個故事會留一些未竟之事下來，要在新故事的開始補敍——這樣的銜接方式，也記不清是在哪兩個故事之間開始的了。

我在鐵旦那裡，知道了他和十二天官之間的糾葛，那可能是近代史上最大的秘密，而且，直到今天，這秘密還在起作用，並不因為時間的逝去而消失，所以也就更加驚心動魄，震撼人心。

鐵旦默然片刻，忽然又現出很是驚駭的神情：「那……老十二天官，真的在……苗峒之中……死了？」

我聽他問得鄭重，也不禁呆了一呆，那時我的思緒，十分紊亂，許多古怪的念頭，紛至沓來。我也隱約知道鐵旦這一問的意思。

所以，我也很是認真地想了一想，才道：「我沒有見過老十二天官，只是在現在的十二天官口中，知道他們死了。而現在的十二天官，就算其中的龍天官，可能有著非凡的來歷，但是我可以肯定，他們和以往的所有十二天官不同，並沒有爭奪天下的野心，他們都……」

我說到這裡，略頓了一頓。

本來，我想說「他們都心地良善，質樸，雖然身懷絕技，但是和普通的苗人一樣」，可是，我並沒有把這幾句話說出來。

因為我想到，我對十二天官的了解不深，他們的真面目真性情如何，我並無資格下結論。常言道「知人知面不知心」，他們究竟是怎樣的人，我不知道。

鐵旦看出了我心中的猶豫，他歎了一聲：「我……心中一直有一個疑問——」

他說了一句，就喝了一大口酒，我也喝了一口，同時，向他做了一個手勢，請他把心中的疑問說出來。

鐵旦再喝了一大口酒，這才道：「領袖——到了晚年，行為怪異之極，像是有甚麼鬼魅，鑽進了他腦袋一樣，顛倒逆行，可怕到了極點，別的不說，單是誅殺功臣，大開殺戒這一點……唉，竟無半分昔年曾同甘共苦，一起打天下的香火之情……和領袖的為人，太不相同了，會不會……會不會……」

他連說了幾下「會不會」，難以為繼。

我明白他的意思是：「會不會是那個龍天官終於成功了，冒充了領袖，所以才會有這種可怕的情形出現？」

我略想了一想，就立刻搖頭：「你別替你的領袖塗脂抹粉了，若論帝王的權術，他在首三名之內，大殺功臣，是每一個開國皇帝的拿手好戲。」

鐵旦喃喃地道：「總會有點特別的原因吧？」

他在這樣說的時候，目光殷切，望定了我，顯然心中很想有答案。

我長歎一聲：「你也真胡塗了，當時的形勢，你身在其中，難道竟忘了？」

鐵旦緊抿著嘴，他是明白人，我只說了這一句話，他就明白了大半。

當時的形勢是，領袖一意孤行，弄得天下蒼生，苦不堪言，他的手下，對他不滿的情緒高漲，連鐵大將軍，也在不滿的行列之中。

而這時候，領袖又已確實知道，自己有一個兒子，相貌堂堂，出色能幹，雖然和他自己不能相比，但是若接他的位，成為「二世」，卻綽綽有餘。

自然，能不能把權位傳給自己的下一代，最重要的一點是：自己仍在權位之上。

要是權力在自己手中失去了，那麼，自身難保，還說甚麼傳給下一代。

所以，領袖即使本來有把權力拱手讓出的胸襟，在這樣的情況下，也迫得他仍然非掌握權力不可。

而且，他也明白，若是要令「幼主」順利「登基」，就必須有一個過程，一個穩定而迅速的過程，而在這個過程之中，又必須排除許多的障礙。

我分析到這裡，鐵旦就完全明白了，他不由自主，機伶伶地打了一個寒戰：「而我們這一干出死入生打天下的老部下，就成了障礙了。」

我攤了攤手：「歷史在不斷重演，建立成一個事業，必然有不少人擁有功動，而有功的人，總會挾功自重，影響到領袖的為所欲為——尤其是當領袖存了私心，想要做一些不能公開的事時，就會怕功臣的反對。那麼，先發制人，大殺功臣也是必然的事，這就是歷史上為甚麼不斷有這種事發生的原因。」

鐵旦長歎一聲，緩緩搖頭：「可是我敢肯定，領袖在臨終之前，也知道他那一着棋錯了，而另外有了安排，所以才會有如今這樣的局面。」

我苦笑：「他老人家走錯了一着棋，可害得天下蒼生，家破人亡了。」

鐵旦閉上了眼睛：「高高在上的人，是不理會那些的，普天下那麼多人，哪有甚麼愛民若赤的帝王。」

連鐵旦這樣，曾享有如此權位的人，也有這樣的感歎，可知在那些「偉人」的心目之中，老百姓的性命，當真是螞蟻不如。

我們一面感慨，一面喝酒，說著，各自又沉默了片刻，這才互望了一眼，兩個人心中都想到了同一個問題：鐵天音對十二天官的那一切，如果有興趣，他的目的何在？

兩個人都沒有把這個問題直接提出來，我先開口：「天音這孩子會到甚麼地方去，你有概念沒有？」

鐵旦抬頭望天：「照說，他應該到我這裡來。但是他自小很有主意，我也揣摩不透他的心意。」

他說了之後，皺著眉，一字一頓地問：「那個……大秘密，現在……其實已起不到甚麼作用了，是不是？」

我道：「雖然知道的人極少，但是一切都已安排好了，身分是不是公開，都不是問題，我想，就算公開了，只怕也沒有甚麼人相信。」

鐵旦神情茫然：「原來甚麼人是甚麼人的兒子，真的那麼重要。」

甚麼人是甚麼人的兒子，自然重要之至，這只怕是人類的天性，自己擁有甚麼，總是想把自己擁有的傳給自己的下一代，自古以來，只有極少的人，能夠脫出這種「傳統」。

我漫聲應著：「也有上一代的安排，下一代並不接受的——大多數有志氣的下一代，都會拒絕上一代的安排，而謀求自己的發展。」

鐵旦長歎：「那麼至高無上的權位，誰說能不貪戀，我說他不是人。」

鐵旦的話，說來十分決絕，但深想一會，也是實情。這時，我心中一動，想到了鐵天音會不會掌握了這個秘密之後，進京去謀求權位去了？

以鐵天音是鐵大將軍的兒子這個出身，再加上他掌握了這個大秘密，只要進行一番活動，要登上權位的高峰，也就不是難事。

我想到了這一點，可是並沒有說出來——當然，神情不免有點古怪。

鐵旦一下子就看出了我的心意，他道：「不會的，天音眼看著我從權位的高峰上跌下來，那對他印象深刻之極。他曾對我說過，說我們這些人真笨，捧了一個領袖出來，把自己的命運，放在領袖的掌握之中，他決不會參與半分權位的爭逐。」

我有點不好意思，只是道：「我只是忽然想到。」

我這句話才一出口，就有人自屋中走出來，接上了我的話：「忽然想到了甚麼？」

自屋中走出來的是鐵天音，他神色自若，腳步矯捷，一下子就來到了我們的面前。

我吸了一口氣：「忽然想到，我甚麼也想不到。」

我在這樣說的時候，盯著他看。鐵天音仍然若無其事，先輕輕地擁了他父親一下：「爸，喝多了。」

鐵天音在進行這些動作的時候，目光卻望向我，我也望著他，兩個人都不說甚麼。

鐵旦伸手，在鐵天音的頭上摸了一下：「天音，我一直教你做人應該怎麼樣？」

鐵天音立即回答：「要光明磊落，不管淪落到甚麼地步，做人、行事，都要明刀明槍。」

鐵旦的樣子看來疲倦之極，他分明想教訓幾句，可是也不知如何開口才好，過了好一會，他才道：「你……你記得……就好。」

就那麼簡單的一句話，他也斷了兩次，才能說完全。

鐵天音應了一聲：「我記得。」

他說著，向我走來，聲清氣朗：「衞叔，我在看那些天官門的記錄時，做了手腳。」

我點了點頭：「我知道了，不然，也不會來找你父親。」

鐵天音吸了一口氣──我相信他早知道我來了，見了我之後，該怎麼做，該說些甚麼，自然也是早想好了的，他是一個很精細的人。

他道：「本來，我準備等事情過去了之後，再向你們坦白的，想不到我自己以為天衣無縫的事，卻叫你們一下子就識穿了。」

他的話暗中在討好我，我自然聽得出來，但也自然不會為了他這樣的話而飄飄然，所以仍然只是冷冷地哼了一聲。鐵旦握住了兒子的手，喃喃地道：「若要人不知，除非己莫為。」

鐵天音回了一句：「以為總可以瞞得一時。」

我用力揮了一下手，表示廢話少說，提高了聲音：「現在事情，算是過去了沒有呢？」

他剛才說他準備「事情過去了之後」，向我們坦白，所以我要追問他。

鐵天音皺著眉：「我也不能肯定──」

我雙眉一揚，目光轉為凌厲，他倒也乖覺，不等我發話，就道：「當然，我說，坦白說。」

我沒有進一步的表示——整件事，我在鐵旦那裡，已經知道了許多。可是，我知道的，只是事情發生和鐵旦有關係的一面，另外一面，有關十二天官的陰謀詭計，他們發現龍天官的經過等等，我都不知道。而我肯定，這一切，在記錄中都有。

鐵天音果然不說廢話，他道：「當我看到那些記錄時，心中的驚駭，真是難以形容，我還是在很小的時候，有一次聽爸在酒後，一直在嚷著『十二天官』，醒了問他，卻遭了一頓罵，這才心中存了疑的，卻再也想不到，竟然有那麼驚心動魄的事情在。」

我耐著性子等鐵天音把這段話說完，才用十分肯定的語氣道：「你把那些撕走的記錄拿出來讓我們看，比你來敍述好得多。」

鐵天音的回答卻是：「我拿不出，因為那些記錄，已給我銷毀了。」

連他的父親，也大感意外，叫了他一聲。

可是鐵天音卻很鎮定：「我甚至是一面看一面銷毀的，看一頁，燒一頁——那些東西，實在不能讓它存在於世。多留一秒鐘，也可能帶來禍害——」

聽得他還在強詞奪理，我不禁更是惱怒，重重地悶哼了一聲。

鐵天音向我望來：「衛叔，我說的禍害：大，可以大到和國家民族的命運有關；小，至少也和我們父子兩人的生命安危有關。你是少數幸運的中國人，沒有和那種瘋狂有過關係，而我，甚至於我父親，卻全是劫後餘生的驚弓之鳥。」

他的這番話，說得很是真摯，我也看到，鐵旦垂著頭，身子在微微發抖，一個叱咤風雲的大將軍，突然如此下場，可知那場瘋狂是如何可怕。

我歎了一聲：「那你也不必銷毀它們。」

鐵天音道：「當時，我只想到，要是我們的命運，再受那些過去了的，如此醜惡的歷史所影響，那實在太不公平了，所以，一秒鐘也不耽擱。」

我瞪著他：「可是秘密沒有真正消失，只是進入了你的腦部。」

鐵天音高舉雙手，作投降狀：「我一定會把所知的一切都告訴你——以後，只有我們三個人知道這些秘密。由於沒有了憑據，只靠我們說，人家不會相信，只當是在作幻想故事。」

我聽得他這樣講，自然而然緩緩搖著頭——我的意思是：單憑你說，怎知道你是不是把所知的全都說了出來，靠不住之至。

鐵天音的神情有點狡猾，他道：「衞叔，你只好相信我，我會把一切全告訴你。」

鐵旦在這時候，向我使了一個眼色。

我立刻明白了他的意思，由一個秘密牽出來的另一個大秘密，十二天官也不知道，鐵天音自然也不知道，鐵旦在示意我不必多說。

可是鐵天音已先說了出來：「爸，真正到現在還在起作用的大秘密，是『揚州的那一個』——我才和他見過面來。」

鐵天音的話，當真是一次比一次令人吃驚，堪稱高潮疊起。

我和他老子一起瞪著他，他老子還一面在大搖其頭，表示他說的話匪夷所思。

鐵天音解釋：「要循正路去見他，當然至少也得一年半載的安排，而且也不一定見得著。」

鐵旦悶哼：「難道還有甚麼小路？」

這一次，連我也笑了起來，鐵天音拍著他父親的手背：「不叫小路，叫『走後門』。」

鐵旦閉上眼睛，長歎一聲。他這個大將軍，自然是想到了當年，打天下的時候，紀律是何等嚴謹，可是馬上得天下，卻不能馬上治天下，以致不必多久，就形成了如今這樣的局面。

鐵天音又道：「也可以稱之為地下關係網絡，這個網絡四通八達，通行無阻，上達天庭，下到鄉村，無往不利。爸，我佔了是鐵大將軍兒子的便宜——」

鐵旦一揮手：「胡說甚麼，我早早無謀無勇，無權無勢了。」

鐵天音笑了起來：「人類行為之中，也還有一些，值得稱頌的，其中有一項叫念舊——」

鐵旦聽到這裡，皺了皺眉，神情不以為然得有點厭惡。可是鐵天音不理會他，再自顧自道：「還記得以前警衛連長的那個孩子嗎？比我大兩歲，不論春夏秋冬，都拖著鼻涕的？」

鐵旦神情木然，一點反應也沒有。

鐵天音續道：「現在，憑著他父親是一個軍區的司令，他抖起來了，非常吃得開，我一找到了他，就和地下網絡拉上關係了。」

他說到這裡，打了一個「哈哈」：「通過一個將軍的兒子就可以認識一個部長的女兒，然後又是甚麼顧問的女婿，一個關係接駁另一個，我放出去的聲氣是，我要見這個目標，我是鐵大將軍的兒子，現在是一個成功的醫生，和神秘的勒曼醫院有聯繫，見了我，有大大的好處。」

鐵旦問：「甚麼是神秘的勒曼醫院？」

我聽得鐵天音那麼說，暗中點頭，知道他這樣做，確然可以達到目的。

對於鐵旦的那個問題，我道：「等一會再告訴你。」

同時，我知道，雖然閉塞落後，但作為最高層，對勒曼醫院亦是知道的。

而且，根據原振俠醫生的敍述，他還居中和最高層的一個老人作過「交易」，以「年輕二十年的身體」，換取了兩個身分特殊之極的女孩子的自由，過程十分不可思議。

鐵天音若是打著「神秘的勒曼醫院」的招牌，自然可以見到他想要見的人。

鐵天音說到這裡，又大笑了起來：「我本來是姑且試一試的——」

我不等他講完，就道：「你會發現，很容易成功。」

鐵天音道：「是，太容易了，那些老人和半老人，對自己生命的熱愛，超越了一切——」

鐵旦沉聲道：「有人不熱愛自己生命的嗎？」

鐵天音沒有反駁：「我先見了幾個老人，終於見到了他，我要見他的目的，是想知道他是不是已知自己的來歷。」

鐵旦喃喃地道：「他早知道了。」

鐵天音點頭：「其實知不知道，對別人來說，並無關係，真不明白為甚麼不公開，我去，就是威脅他，要公開這個秘密。」

我和鐵旦兩人，面面相覷，因為鐵天音的話，越說越奇，簡直難以想像——他竟然用這個大秘密去威脅人，他想達到甚麼目的呢？

鐵旦一臉疑惑之極的神色，伸手指著他，説不出話來。

鐵天音吸了一口氣：「我要他運用權力，把幾個人自監獄中放出來。」

他這句話一出口，我和鐵旦都明白了。我立時伸手，輕拍他的肩頭，兩人交換眼色，一切盡在不言中了。

（二）施異術召來了金甲神

本來，我對於小鐵的行為，很是不以為然，但是現在明白了他居然有這樣的目的，並不是為了他自己想圖謀甚麼。而他這樣做，行動之際，也犯了大不韙，有相當程度的危險。

他冒險去行事，當然是義行，這就令人肅然起敬，我自然再也不會對他心存芥蒂了。

我喝了一口酒：「當然沒有成功。」

當然沒有成功——因為那幾個人，若是從監獄中出來了，是世界性的新聞。

鐵旦也不由自主欠了欠身子，不但不以為然的神情一掃而空，而且喜悅之情滿溢，早已不問世事的他也大感興趣：「經過的情形怎樣？」

鐵天音神情有點尷尬：「我一提出來，他就哈哈大笑，說了幾句話，令我不知所措。他說：『你以為我是領袖嗎？不錯，我是他的兒子，現在也在這個位置上，但是和領袖大不相同，我是甚麼？放人？哈哈，你去向全世界公布好了。』我看到他說那幾句話時的神情，也知道自己打錯算盤了。」

鐵旦也為之失望：「他才想你公布，一定是那幾個老人家不同意，你還拿那個去威脅他。」

鐵天音歎了一聲：「他以為那秘密一定是爸告訴我的，我也沒有和他多說，反正在內部，那不是甚麼大秘密，整件事，也告一段落了。」

我大叫一聲：「你倒說得輕鬆，十二天官的記錄怎麼說？」

鐵旦轉動輪椅，也望向鐵天音，鐵天音的神情很平靜：「爸，和你有關的部分，全是你的親身經歷，沒有別的，你還想再聽一遍？」

我早已說過，鐵天音是一個很工心計的人，看來鐵旦行軍布陣，兵不厭詐的本領，全都通過了遺傳，到了鐵天音的身上，可是鐵天音又沒有機會把這些本事用在戰場上，所以就只好用在日常生活上了。

他那時對鐵旦講的那段話，講的時候，連眼睛都不多眨一下，但是我卻完全可以肯定，他的真正用意是，他根本不想把那一段經歷說給他父親聽，所以才故意這樣說，使他父親不想再經歷一次苦痛的回憶，而自動放棄。

我剛在想：鐵旦容易上當，我可沒那麼容易。鐵旦已經長歎一聲：「既然沒有甚麼新的發現，我確然不想聽了。剛才向你衞叔說了一遍往事，人就像老了十年……我說的那些，你如果想知道，問你衞叔吧。」

鐵天音立時向我望來，目光大具深意。我回以微笑和同樣的目光，意思很明白：「你也無法再要你父親把往事說一遍，所以，你如果把你所知的全告訴我，我也會把所知的告訴你。」

鐵天音顯然立刻就領會了我的意思——和聰明人打交道，有時真是賞心樂事。他也向我微微點了點頭，在這些小動作的過程之中，他甚至沒有半秒鐘停止過講話，他連呼吸也沒有任何阻滯地繼續著：「十二天官各有絕學，而且是真本領，真材實學，不單是武術的造詣高，而且在異術上，也有非凡的成就。」

這一點，我在十二天官的記錄之中，也有深切的體會，鐵旦卻有點不明白：「異術？難道他們還會法術？」我和鐵天音，都不約而同，點了點頭，我道：「不能肯定，但是老老十二天官之中，卻有人懂得異能，我所說的異能，不止醫卜星相那麼簡單，連一般屬於法術範疇的事，都包括在內的。」

鐵旦吸了一口氣：「像……呼風喚雨，撒豆成兵？」我知道他這樣問的原因，是他想起了殲滅十二天官行動之中，在最關鍵的那一刻，忽然風雲變色的那一場大冰雹，這個問題不好回答，我遲疑了一下才道：「我不知道那次大冰雹是湊巧還是他們異能催動的。老老十二天官有這個能力，並不代表老十二天官也有，異能和武功不同，是不是可以傳授都不能肯定，就算可以傳授，也必然功力一代不如一代——如今在苗疆的十二天官，我就不認為他們會有異能。」

鐵旦聽了我這番話，很是滿意，沒有再問下去，鐵天音也轉了話題：「他們之中，有人早已看出，領袖的相貌，貴不可言，那時誰也料不到領袖那麼快就成為開國之君，淹有天下，但十二天官卻早知道了，而且……他們還出了一些力——」

這一下，連我也大訝，開國元勳鐵大將軍自然更不服氣：「此話怎講？」

打天下出力，自然是南征北戰，浴血沙場，可是鐵天音接下來所說的話，幾乎沒把鐵將軍氣死。

鐵天音道：「他們看出領袖未來的成就，就計劃誘拐他的後代作龍天官的傳人，在當時的混亂情形下，別說他們的目標只是一個，就算是四個孩子全拐了去，也是輕而易舉的事。」

鐵天音說的，是實在的情形，那時，領袖還在草莽之中，誰知道他成功得那麼快。

鐵天音續道：「在四個孩子之中，他們選擇了一個貌相和領袖最相似的，就是歷史上所稱『在江西失踪』的那一個。」我和鐵旦互望了一眼，心中大是駭然。因為從老老天官的這個選擇標準來看，龍天官的那個陰謀，似乎久已存在，早有預謀的了。

鐵天音吸了一口氣：「孩子到手之後不久，他們為了要領袖的事業快些成功，就到領袖的家鄉，由精通堪輿之術，熟嫻陰宅風水的鼠天官，在領袖先人的原葬處附近，選了一處真正的龍穴——」

他說到這裡，我和鐵旦的反應，各有不同。

我發出了一下不由自主的呻吟聲，因為鐵天音所說的事，完全屬於玄學的範疇，但也是最多人相信，最多人自稱精通的「風水學」。那是奇妙至極的事，而且結果如何，人盡皆知，不能不令人驚歎。鐵旦的反應卻很是強烈，他叫了起來：「你在胡說些甚麼？」

鐵天音道：「記錄中是那麼說的。」

鐵旦用力一揮手，一副不屑的神情，顯然他的心中，全然不信。

鐵天音自顧自說：「他們擇了吉時，把領袖先人的遺骸，自原葬地，遷到了他們所揀的龍穴之中，那龍穴稱為『七日飛龍』，下葬之後七天，就可見效，飛龍在天，自此一發不可收拾。」

鐵天音一面說，鐵旦一面搖頭。鐵天音直視著他父親：「遷葬的日子，算陰曆，是十一月，算陽曆，是一月份。那一年，是民國二十四年，公元一九三五年——」

鐵天音還沒說完，鐵旦就已經傻了眼——那一年那一月，發生了甚麼事，鐵旦自然再清楚不過。領袖就是在那個關鍵性的時刻，掌握了權力的核心，奠下了輝煌事業的基礎。

我也很是吃驚，緩緩地搖著頭，我的行動，看來像是無意識，實際上，代表了我心中的語言：「不可能是巧合，確然有一些奇妙因素在起作用，只是就算是懂得利用這些因素的人，也知其然而不知其所以然，說不出道理來。也或許，這一類玄學範疇中的事，根本不能用尋常的道理去闡釋，而自有它自己的一套。」

鐵旦則喃喃自語：「不像話，不像話。」

這種事，本來是信者自信，不信者不信，也沒有甚麼可以爭論的。看鐵天音這時的情形，他也未必相信，他只是在敍述十二天官的記錄而已。

他續道：「在上海的三個孩子，後來有一個失散了，被一個在上海走單幫的揚州人帶過了長江，到了揚州，這經過，十二天官也很清楚。照現在的情形來看，十二天官倒可以說功不可沒，若不是他們，根本不可能知道被帶到揚州的孩子真正身世，因為那個單幫商人，不知孩子的來歷，他只是自己沒有孩子，又看到孩子方頭方腦，長相很好，流落街頭，所以才把孩子帶走的。殺他的頭，也想不到孩子會有那麼大的來歷。」

鐵旦長歎了一聲，沒有表示。

鐵天音又道：「老十二天官在逃避軍隊的追捕之中，使用了他們所懂的異術，在好多次情形下，都使他們絕處逢生，終於退到了藍家峒之中，但已元氣大傷了。他們都感歎，說他們沒有上一代的本領，所以只能全身而退，無法反敗為勝。」

我吞了一口口水，心想，這老十二天官的異能，只怕不如他們的師父遠甚。至少，當年鐵旦假裝合作，他們就沒能覺察出來。

鐵天音長笑一聲：「令得他們信心十足的是，他們的師父有遺言：那『七日飛龍』穴，不但可以使領袖飛黃騰達，而且必然可以傳至下代。」我聽了，也不禁笑了起來——那龍天官以為「傳至下代」一定應在他的身上，可是結果，卻應在他的哥哥身上。

鐵旦也想到了這一點，所以他也笑了起來，世事往往如此，不足為奇。

鐵天音接下來，又說了老十二天官進藍家峒之後的事，他們養好了傷之後，那是真正的一隻腳進了鬼門關又縮回來的，劫後餘生，人生的觀念，自然會起變化。而且，藍家峒是真正的世外桃源，生活無憂，比起他們前半生在江湖上所過的日子來，一天一地。在養傷的過程之中，他們已經鬆弛了下來，再要他們回江湖去闖蕩，那是無論如何提不起勁的了。

老十二天官足跡不再出藍家峒，就在藍家峒中，選了傳人。他們所選的傳人，就是現在的十二天官，撫養藍絲長大的十二天官，那是十二個很純樸的苗人，和以前的十二天官，絕不相同了。

我問了一個問題：「他們在藍家峒揀傳人，哪來的天潢貴冑？」

鐵天音攤了攤手：「記錄中沒有說，恐怕已經把這個傳統摒棄了。」

我望了他一會，看不出甚麼來，也就沒有再問下去。

後來，我和他在沒有鐵旦在場的情形下，作了一次長談。我先把鐵旦告訴我的經過，對他說了，再問他：「你還有甚麼沒對我說的？」

鐵天音道：「有，老十二天官把爸當作了死敵，誓言要令他死得慘不堪言，報仇雪恨，這種仇恨，一直到他們在藍家峒之中，心境改變之後，才漸漸淡了下來。」

我皺着眉：「他們無法報這個仇。鐵大將軍權勢薰天，他們自己的氣數已盡。」

鐵天音歎了一聲：「他們的記錄中聲稱，到後來，他們想通了，他們能在藍家峒終老，過了好多年平靜無波的悠閒歲月，倒也是拜鐵大將軍所賜，未必不是福。就算當年進了京，三五七年之後奪了大權，也未必會有那樣的閒福，反倒終日提心吊膽，勾心鬥角，日理萬機，也不見得有大樂趣。所以他們取消了報仇的誓言，改為小懲鐵大將軍的欺弄背信。」

我不禁失笑：「自說自話，報仇不能，小懲也一樣不行，他們憑甚麼小懲鐵大將軍？」

鐵天音的神情，十分疑惑。

看到了他的這種神情，我就知道其中一定大有文章，我很是懊喪不滿，不等他開口，就搶著道：「你若是不把記錄毀去，你看不明白，我一定明白。」

鐵天音神情不服：「我不是不明白，只是覺得事情有點難以想像。」

我更是惱怒：「你不必想像，只需要一字不易地說出來就可以了。」

鐵天音竟然認真起來：「我無法保證一字不易，但一定是原來的意思。」

我心急想知道事情的經過，所以沒有再和他糾纏下去，只是揮了揮手。他又想了一會，才道：「他們使用了一種異術。」

他望了我一下，我示意他說下去，他這才道：「這種異術，要求他們十二個人同心協力，揀一處適當的地方，十二個人想著同一件事，懷著同一目的，思想一致，並且唸一種咒語，據他們說，這是天官門的秘傳，法力甚大，他們的功力不深，通過這種異術，傳遞出去的信息，只能達到小懲之目的。」

鐵天音說到這裡，看到我並沒有大驚小怪，或顯然不相信的神情，插了一句口：「衛叔，人家說你可以接受任何不可思議的事，看來是真的。」

我微笑：「十二天官的這種異術，不算是太不可思議，無非是集中了十二個人的力量，以他們的腦部活動所產生的能量，去影響發動另一些力量，以達到目的而已。他們的功力不夠深，要是功力深了，咒人至死，也可以做得到。」鐵天音大是佩服：「是，在記錄中，他們就說，他們的師父，就有用異術取人性命的異能。」

我這時，想起了另一件事——十二天官能在藍家峒終老，只怕和藍家峒的苗人，精於蠱術，也有一定的關係。蠱術可以說是巫術的一種，也屬於異能的範圍。

鐵天音繼續說著：「他們揀了一個山峯的頂上施法，目的是要鐵大將軍權威全失，半身癱瘓——」

他說到這裡，已經儘量使語氣平淡，可是我還是吃了一驚——這也是鐵旦現在的處境。

也就是說，十二天官的異術，行之有效，確然「小懲」了鐵大將軍。

我也知道鐵天音為甚麼沒有在他父親面前提及這一段事的原因了。

因為鐵旦必然不信，而他失了權勢，變了殘廢的經過是十分苦痛的回憶，沒有必要再勾起一遍。

鐵天音的神情疑惑，我歎了一聲：「有許多事，難以用常理去解釋。」

鐵天音道：「若是沒有自天而降的金甲神相助，十二天官只怕也奈何不了家父。」

我呆了一呆，他所說的「金甲神」三個字，我聽得很清楚。但是金甲神和他正在說的事，無論如何，發生不了關係，忽然風馬牛不相及地扯在一起，自然叫人一下子思緒轉不過來。

鐵天音道：「金甲神。」

他像是在問我是不是知道甚麼叫金甲神。

我自然知道，小時候看《封神榜》就知道了。所謂金甲神，是天神之一，但是地位不高，專供諸神或會仙法的人召來服役，姜太公一道符，就可以把六個金甲神召來，那是中國傳統神話系統中的角色。

我反問了一句：「甚麼意思，他們在使異術之際，召來了金甲神？」

鐵天音點頭：「是的。」

我不禁歎了一聲──我相信此時，鐵天音所言是實，我只是可惜他毀去了記錄。因為有那麼怪異的事發生，從原記錄中獲悉，一定比聽他的敍述精采。

鐵天音也明白我的意思，所以格外打點精神來述說：「他們設了壇──並沒有說明『壇』是甚麼形制的，開始施術，三日三夜之後，忽然聽到半空之中有異聲，接着，抬頭向上，就看到了金甲神。」

他略停了一停，道：「原文是：『雲空之中，金光閃耀，赫然巨神，聲若雷鳴』，並沒有那位天神的詳細描述，很是籠統，我推測他們根本看不真切。」

聽到這裡，我陡然心動，作了一個手勢，要他暫停，然後我問他：「你看這天神是甚麼？」

鐵天音吸了一口氣，顯然他早有設想，他的回答來得很快：「當然是身上穿着會發光的飛行衣的外星來客——也就是紅綾口中的『神仙』、『會發光的神仙』，也就是當年把白老大、鐵頭娘子、大滿老九、陳大小姐一起引到了那個山頭去的那類外星人，更就是把陳大小姐帶到山絕頂去的那一類——他們一直在苗疆活動，經常出現，十二天官見到的『金甲神』，就是他們之中的一個。」

（鐵天音所說的那些經過，見於《探險》、《繼續探險》及《烈火女》諸故事之中。）

鐵天音一口氣說下來，我用力一拍桌子：「就是他們。這外星人，似乎與許多不了解的謎，都有關連。」鐵天音點頭道：「至少，他們都夾在中間湊熱鬧。」

我對那種外星人不是很有好感，因為若不是他們在苗疆上空飛來飛去，許多事都不會發生，所以我道：「豈止湊熱鬧而已，成事不足，敗事有餘，上海話叫『軋鬧猛』，北方話叫『瞎起鬨』，而且，他們始終沒有露面。」

鐵天音道：「不過，他們至今還有一件會發光的背心留在苗疆，而且，據報道，他們的飛船，最近還在四川敍永縣的上空被發現過，總有機會再見到他們的。」

我點了點頭：「他們的『聲音宏亮』，難道還和十二天官進行了交談？」

那種外星人，在許多複雜的變故中都曾出現，而且很重要，白素的媽媽，陳大小姐的下落究竟如何，也只有他們才能回答。

所以，我知道了在十二天官的記錄之中，他們也曾出現過，自然難免緊張。而且，很有可能，陳大小姐也經過了他們的改造，變成了他們的同類，那更是白素極想弄清楚的事。

而這一部分的原始記錄，居然也不再存在，那實在是很令人惱怒的事。一想到了這些，我的面色，自然難看之至，鐵天音也沉默了片刻，才道：「其實，我全說出來，一點也沒有損失，但如果衞叔你總覺得像少了甚麼，我一定會設法在日後做些甚麼來補足。」

我悶哼了一聲，沒有再說甚麼。人的思想很奇怪，忽然我想起了一個問題：「你到芬蘭去轉了一轉，為了甚麼？」鐵天音料不到我忽然有此一問，呆了一呆，才道：「想去找地下網絡的聯絡人，找到了，但是他說自己不夠資格，要我去找有力量的人。」

這額外的一問一答，倒也有一個好處，就是把剛才僵硬不快和尷尬的氣氛，冲談了不少。鐵天音繼續他的敍述：「據記錄說，金甲神才出現時，他們都很是驚呆，因為他們料不到他們施異術，竟能召來了天神——天神確然是他們所『召』來的——」他作了一個手勢，「情形有點複雜，我在敍述的時候，還加了我自己的意見——當時金甲神一出現，所發出的是如同雷鳴一樣的聲響，過了一會，才有宏亮的語聲，自天上傳下來。我想，那是外星人有一個短暫的過程，在找尋和十二天官溝通的語言。」

我點了點頭，表示同意他的這個分析。

他再道：「金甲神一開口就問：『有何深仇大恨，要咒人如此。』」

鐵天音向我望來，我也不禁聳然動容——外星人一開始就這樣問，可知是接收到了十二天官的思想。外星人本來可能只是經過，不會現身。但是接收到了異乎尋常強大的人類腦部活動所產生的能量，內容涉及要害另一個人。這種外星人不但性格好奇，而且，也很好管閒事，所以才現身出來，問上一問。

也有可能，他們對地球人有相當程度的了解，覺得地球人的腦能量不應如此強大，所以要來看個究竟。不論是哪一種情形，都可以算作外星人是十二天官「召來的」——情形倒真如燒一道符籙，把信息傳出去，令六丁六甲接收到，奉召而來相類似。而且，人類腦部活動所產生的能量，可以被天神接收到，是一定的事，不然，耶和華如何聆聽信徒的禱告呢？

由此也可知，十三天官的異術，還真有用——我立即聯想到的是，如今在藍家峒中的十二天官，是不是還會這種異術？

（三）這樣的事不能再發生

鐵天音等了片刻，才道：「十二天官一聽天神這樣說，自是駭然之極，立刻就向天神稟告了一切，天神居然很有興趣，停留在半空之中，一直發出閃閃的光亮，像是聽得很仔細。」

我悶哼了一聲：「外星人來地球上研究地球人的行為，自然希望有各種行為的實例，像十二天官的陰謀，鐵大將軍使詐，領袖下一代的生死這種驚心動魄的大事，在人類歷史上十分罕見，遇上了自然不肯輕易放過，就像古生物學家，發現了原始鳥化石時一樣，如獲至寶。」

鐵天音同意我的看法：「金甲神聽了他們的稟告之後，發出了一陣笑聲，說他們的力量，不足達到目的，不過他可以助一臂之力。」

鐵天音說到這裡，神情大是憤然，我也不免訝然──那和外星人有甚麼關係，要他去幫十二天官小懲鐵大將軍？

鐵天音歎了一聲：「後來，這『天神』對十二天官有解釋，說爸當年那樣做，其實反倒是幫了他們，使他們能安享餘年。他要做的，也是要把爸從對權位的迷醉之中拉出來，讓他的生命，得以照應循的規律進行。」

我吸了一口氣，心頭凜然。

確然，鐵旦雖然半身不遂，但那是在大瘋狂一開始就發生的事，若不是如此，瘋狂越演越甚，鐵旦只怕早已死得慘不堪言了。

但是，外星人又做了些甚麼，竟然能夠達到這一目的呢？看鐵天音的神情，他像是對這個問題已經深思熟慮過了。所以我也懶得深一層去想，只是望定了他——他這個人的行事方法，我不是很喜歡，但是他的分析能力極強，這是可以肯定的。

鐵天音在我的注視之下，小心地道：「我作了幾個假設，覺得最可能的，是外星人干擾了地球人的思想。」他的這個分析，說得未免簡單，但是我想深了一層，卻也不免凜然。

「干擾了地球人思想」——這樣的事，可大可小。若是受干擾的只是一個無足輕重的小人物，那自然不會有甚麼大不了的事發生。就算思想受干擾的程度極嚴重，使人變成了瘋子，那麼也只不過是多了一個瘋子而已。

但如果受了思想干擾的是一個大人物，大到了如同「領袖」那樣，那就非同小可了。

領袖的思想，如果脫離了常軌，進入瘋狂狀態，那麼，他只要一聲令下，就會有幾萬幾十萬幾百萬幾千萬甚至幾萬萬人跟著一起瘋狂。

一想到這一點，我不禁大有駭然之色，盯著鐵天音。鐵天音緩緩點了點頭，表示他知道我想到了甚麼，也表示他的想法和我一樣。

想起了不久之前發生的那場可以說是人類史上最大的億萬人參與的瘋狂，我不由自主搖頭：「這——玩笑開得太大了，為了令鐵將軍一個人失勢，竟然把那麼多人拖下水！那種外星人卻竟然這樣子對付地球人！」

鐵天音吸了一口氣：「正如你所說，他們在地球上從事地球人行為的研究，遇到了這樣的機會，就像是古生物學家找到了原始鳥的化石一樣，他們就試驗一下，看看地球人的行為，究竟可以愚蠢、瘋狂、可怕到甚麼的程度，於是，就有了一場人類歷史上最大的反動和瘋狂。」

我瞪大了眼睛——鐵天音的設想，可以說匪夷所思，至於極點了。他能有這樣的設想，我推測多半是受他看到過的記錄中有關資料的啟發。所以我直接地問：「記錄中有些甚麼資料，使你得出了這樣的結論？」

鐵天音神情鎮定：「十二天官見到了『金甲神』，自己以為是感動了天神，於是就把他們原來的計劃如何，以及如何被鐵將軍破壞的經過，說了出來。他們在記錄中，並不諱言這樣做，目的是想天神會幫助他們，使他們還有『受命於天』的機會。」

我悶哼了一聲，鐵天音又道：「記錄上說，天神思索良久，冲天而去，又盤旋而下，離開了一陣，這才給了他們答覆——我推測那外星人是為了獲取更多的資料，回他的飛船去了。」

鐵天音雖然只是憑空推測，並無甚麼根據，但是推測倒也可以成立。

他又道：「外星人給十二天官的回答是：你們能在苗疆平安度餘生，已是最好的結果，若再生異念，一定不會有好結果——我想，十二天官終於安份在苗疆住下來，是聽了勸告的結果。」

我又點了點頭——十二天官的野心再大，聽了「天神」的話，也只好心服。我遲疑地問：「你的意思是……外星人掌握了這些資料之後，為了試驗地球人的行為，就干擾了……」

鐵天音不等我說完，就道：「那只是我的假設，真相如何，只怕再也不會有人知道。」

我深吸了一口氣：「未必，只要找到了那種外星人，就可以知道了。」

鐵天音一攤手：「知道了真相又怎麼樣？事情早已過去，死了的幾千萬人也不能活回來。」

我不由自主，提高了聲音：「這樣的例子，怎麼能開？要是不論甚麼外星人，都來這一下子，地球人的災難，豈非沒完沒了？」

鐵天音說：「誰知道，或許，地球上永遠有沒完沒了的災禍，正是由於有外來力量不斷地搗蛋。」

我的思緒十分紊亂——我和鐵天音的這一番長談，是在我告別鐵旦之後，他送我到機場的途中進行的，等討論到這裡的時候，機場已遙遙在望，有一架客機，發出轟然巨響，在我們的頭上飛過。

我陡然之間，有了決定：「不行，我得設法和這類外星人見面，至少，要告訴他們，他們可能根本不知道自己的行為對地球人造成的傷害。」

說到最後一句，我的聲音有點顫動。

鐵天音很難得，居然不以我的話為奇，他道：「要找他們，唯一的線索，是那件會發光的『背心』。」

鐵天音雖然沒有到苗疆去，可是在那裡發生的事，他自然全知道了，所以他才一下子提了出來。

是的，那種外星人留下來的唯一線索，就是那件我在望遠鏡中看到過的，穿在銀猿身上，會發光的「背心」——看起來像是一件背心，那可能是外星人留下來的一種裝備，說不定還有通訊的功能，要找他們，那自然是線索。

我和鐵天音互望了片刻，一時之間，理不出一個頭緒來。因為那種外星人，牽涉的範圍十分廣。

本來，為了要弄明白陳大小姐（白素母親）的去向，也要和那種外星人聯絡。白素和我，也曾商討過。但是白素又急於把紅綾帶回文明社會來，不想紅綾再和猿猴在一起，過野人的生活，所以才暫時擱了下來。

現在，既然有了新的需要，和那種外星人的聯絡，自然更重要了。

兩頭銀猿是紅綾的好朋友，要找牠們，不是難事，找到了牠們，就可以得到那件「發光的背心」，就有了和他們聯絡的可能。

但是這樣做，又必須要使紅綾重回苗疆，不知道白素是不是願意——由於紅綾很能適應文明社會的生活，正使白素得到極大的喜悅，只怕她會害怕這種喜悅的消失。

我想了一會，才道：「你還有甚麼要補充的？」

鐵天音道：「沒有甚麼了，衞叔，實在是為了父親的緣故，我才這樣做的。」

我瞪了他一眼，表示我並不是完全原諒他，他也只好苦笑。

到了機場，我第一件事，就是和白素通話，電話一有人接聽，我聽到的，只是一片喧鬧聲，像是有千軍萬馬，正在我的書房中努力鼓噪一樣。其中，紅綾的聲音，最是突出。

雖然相隔萬里，聽到女兒的聲音，十分高興，可是我有要事和白素商量，連喝了幾聲，紅綾才「啊哈」一聲：「爸，原來是你，小寶在，藍絲也來了，小寶的媽媽也來了，還有——」

我再大喝一聲：「你媽媽在不在？我要和她說話。」

直到這時，我才聽到白素的聲音，在一片嘈雜聲中，她的聲音，聽來很是軟弱無力，她道：「我無法控制局面，你是不是能遲點打來？」

我沒好氣：「我快上飛機了。」

白素竟然道：「那就等你到了再說，陶啟泉已派人來接我們，溫媽媽興奮得……我看，10ＣＣ強烈鎮靜劑，都不能令她靜下來。」

我又聽得溫寶裕在大叫：「媽，你別再咬她了。」然後，是溫媽媽興奮之極的聲音：「我不是咬她，我是在親她。」

我大聲說了一句：「祝你好運。」就放下了電話。

放下電話之後，耳際尤有一陣嗡嗡響，而且，眼前依稀有金星直冒。我要整理一下，才能明白究竟家裡發生了甚麼事。

當然，首先是：藍絲來了。

藍絲一來，溫寶裕自然高興，但最高興的還是溫媽媽，藍絲不但是她未來的媳婦，而且安排好了，還是超級大豪富的乾女兒，單是這一層，已足以令得溫媽媽不斷親她——溫寶裕說是「咬」，雖然誇張多少，但只怕離事實也不會太遠。

想想小藍絲那時的處境，也夠令人發噱的。

他們先在我家中集合，然後，再一起去見陶啟泉——白素對這種事本來不會有興趣，但紅綾一定會參加，她自然也只好「人在江湖，身不由己」了。

雖然人數不多，可是熱鬧的情景，可想而知，我也感到好笑。我只希望，在我到了之後，局面已經可以控制了。

鐵天音和我分了手，他說要去陪他的父親幾天——在十二天官的記錄那件事上，我實在無法掩飾不快，鐵天音也知道，我想他離開了我，也會鬆一口氣。

一路上，我想的主要問題是：鐵天音是不是還有甚麼瞞著我？因為他消滅記錄的理由，始終不是很充分。

下了飛機，我第一時間回家，期待著門一打開之後，各種聲浪撲面而來。可是屋子中卻靜得出奇，叫了半晌，老蔡才懶洋洋地走了出來，見到了我，歎了一聲：「人家說人老了會耳聾，我想，要是我有朝一日聽不到聲音了，準是叫人吵聾的。」

我笑著：「他們呢？」

老蔡道：「全到那姓陶的那個小島去了，留下了話，叫你一到就立刻也去。」

我知道，「姓陶的」自然是大豪富陶啟泉，他有一個私人小島，卻在巴哈馬羣島，不在本地，雖然飛行時間只是十小時左右，但何以竟去了那麼遠的地方，而也要我去？白素的行事也未免太顛倒了，她應該知道我有許多話要對她說，就算投紅綾所好，也不能到這個地步。

我揮了揮手，進了書房，先和陶啟泉的那個二十四小時的電話聯絡，不到五分鐘，就有了回音，赫然就是陶啟泉的聲音：「衞，這裏熱鬧極了，你快來。」

我沒好氣：「請白素來說話。」

我的語氣不是很好，所以陶啟泉呆了一呆，才道：「好。」

我相信以他的地位，不會有甚麼人會用這種語氣和他說話——人的地位太高了，也必然會失去生活中的一些樂趣，這是無可避免的事。

我已經準備好了，白素一來聽電話，我少不得要埋怨她幾句，可是一聽得她說的那番話，我想生氣，也生不出來了。

她道：「還記得我們的女兒，第一次見到海洋時的驚訝嗎？她到文明社會那麼久，沒有真正接觸過海洋，在這個小島上，她才知道海洋是怎麼一回事。」我歎了一聲：「要使她真正了解海洋，只怕至少要一年半載，你準備在島上住多久？」

白素的回答，叫我嚇了一跳：「直到她厭倦了為止。」

我苦笑：「那個島很小，應該一天就厭了。」

白素道：「你錯了，她迷上了潛水，而且不用潛水設備，你絕對無法想像她的肺活量有多大，島上的土著，本來是精於潛水，可是全給她比了下去。」我不禁說不出話來，海底世界是何等多姿多采，紅綾一直只是在山林之間竄跳奔跑，忽然之間，享受到了身在水中的樂趣，那是不容易叫她放棄的了。

在我沉吟不語間，白素又道：「再告訴你兩件事，好令你放心。第一，她的潛水教練太出色了，你再也想不到，這孩子，真有緣份，人人都喜歡她，她也能到處都遇上出色的人。」

我一時之間，想不起有甚麼出色的潛水人可以得到白素這樣的稱頌，所以我催道：「是誰？」白素吸了一口氣：「木蘭花的妹妹，昔年有東方三俠之稱的——」

我失聲：「穆秀珍。」

白素的聲音大是得意：「可不是她。」

我也掩不住興奮，穆秀珍是木蘭花的堂妹，水性之佳，簡直已到了離奇傳說的地步，像在「水中可以伏三日三夜」這樣的描述，放在她的身上，一點也不誇張。江湖傳說，這位女俠，一入了水，簡直就不是人，而是一條魚。穆秀珍也十分自負，曾說在水中，能及得上她的，只有「魚人」都加連農一個——都加連農是從小在海洋之中，由一羣章魚養大的，被尊為印度洋的海神，曾隻身在海洋之中，對付過軸心國的潛艇。穆秀珍說只有「魚人」才能勝過她，可知她的自負程度。

紅綾有這樣的「教練」，也有天生的優良體質，自然可以放心。

白素又道：「還有，秀珍一開始就告訴紅綾，要潛水，就不能使身體內有太多的酒精，所以，她喝酒量，只及以前的十分之一。」

我知道白素對女兒的嗜酒，一直耿耿於懷，現在她自然心滿意足了。

我歎：「好，我來，請陶啟泉為我安排飛機。」

白素答應了一聲，這才又聽到了陶啟泉的聲音：「衛，剛才你像是有點不高興。」

我據實道：「是，但現在沒事了。」

陶啟泉壓低了聲音：「在島上的人全都有趣極了——只除了溫氏夫婦，那胖女人——」

我笑了起來：「別惹惱她，她哭叫起來，你那小島會陸沉。」

陶啟泉也笑：「你女兒會有辦法對付她——我由於有商務活動，所以才把他們一起請來的。還有，藍絲也可愛之極，想不到我兩個乾女兒，都和巫術有關。」

他像是有說不完的話，我道：「見面再說。」

十多小時之後，正當日落時分，我在那小島的沙灘上，看到了紅綾在滿天晚霞之中，自金光閃閃的波濤之中，冒出水面，全身水珠亂灑，向前飛奔過來的情景，不由自主，緊握住在身邊的白素的手，認為那是人世間最美麗的奇景。紅綾是在海中泡了一天，到天黑才肯上岸來的，所以她不知道我來了。那時，我背光而立，夕陽映在紅綾金黃色的身子上，在我這個父親的眼中看來，她全身金光閃閃，簡直就是從海中冒出來的女神。

她應該不是很看得清我，可是她的目力十分鋭利，我相信那是她當野人時訓練出來的本領，她居然隔老遠就看到了我，大叫一聲，立刻向我飛奔了過來。

我也自然而然，發出一下呼叫聲，向她奔了過去，兩人迅速擁抱在一起。她身上全是海水，自然也弄濕了我的身子，可是我一點也不在乎。

紅綾想將我抱起來打轉，身為父親，若是叫女兒抱了起來打轉，好像有點不成體統，所以我用力穩定了身形。我立刻知道自己做對了，因為有一個我未曾見過的女人，正迅速接近我。我當然知道那是甚麼人，那自然就是穆秀珍了。

她身形頎長，穿著深黑色的泳衣，膚色如古銅，笑容爽朗熱情，整個人，是快樂和健康的代表，一看到她，就使人自然而然，心曠神怡，胸襟大開。

我略推開紅綾，紅綾已大聲叫：「海洋真好玩，海洋比山嶺有趣多了。」

我忽然說了一句：「你忘了你那些在山中的猿猴朋友了嗎？」

我忽然會這樣說，自然是為了一直惦記著，想再入苗疆，去找那件「發光的背心」之故。

紅綾絕無機心，她呆了一呆，根本沒有把我的話聽進去，立刻又轉向穆秀珍，直著喉嚨叫：「秀珍姨，你來，這是我爸爸。」

我皺眉：「紅綾，講話不必那麼大聲。」

紅綾一挺胸：「在高山之顛，在大海之濱，大可盡興呼叫，人天合一，不必扭捏拘禮。」

這幾句話，出自紅綾之口，我實在不能相信自己的耳朵——紅綾吸收知識的速度再快，也不可能會一下子說出這樣的話來的。

我立時向走向前來的白素看去，白素微笑著搖頭。紅綾的感覺敏銳，已經知道了我和白素「眉來眼去」為了甚麼，她哈哈笑著：「這些話，全是秀珍姨教我的，秀珍姨說，我和她性格一樣，這叫著臭味相投。」

說了之後，她居然搖頭挽腦：「這臭味相投，絕不是說我和秀珍姨臭，在古語之中，就當作同氣類解，出在一本叫《左傳》的書中。」

我一生之中，經歷之奇，自詡非凡，可是這時所感到的吃驚，也是非同小可，張口結舌，一句話也說不出來——這個不久之前，還一身是毛，只懂得吼叫的女野人，現在竟在我的面前，講解起中國古文來了。

過了好一會，我才緩過氣來——由於實在太意外，竟然忘了該和穆秀珍打招呼。

我還是有點聲音異樣：「天！你學了那麼多。」

紅綾高興地笑：「秀珍姨告訴我，我就記住了。」

穆秀珍在一旁道：「紅綾有驚人的記憶力，沒見過比她更可愛的孩子了，衛先生，你真幸運。」

我這才想起，和她還是第一次見面，忙和她握手：「上次借用了你們的天下第一奇船，又打擾了你們的工廠，可未曾道謝。」

我這一番話，自問說得再得體不過。在《錯手》，《真相》這兩個故事中，我都得到過雲氏工業集團的幫助，向他們借了天下第一奇船「兄弟姐妹號」。我又曾在他們法國的工廠中切割一個怪容器，幾乎闖了大禍，現在見了面，不是應該首先道謝嗎？

可是我的話才一出口，紅綾首先肆無忌憚轟笑了起來，穆秀珍也毫不客氣地哈哈大笑，連白素，也笑得用手按住了胸口。

我被她們笑得莫名其妙，雙手叉住了腰，紅綾道：「爸，秀珍姨一知道你要來，就說，你見了他，必然會說那一番話，幾乎一字不差。」

我聽了不禁有些啼笑皆非，看來穆秀珍和紅綾，真是臭味相投之至，完全是一樣的性情。

紅綾又道：「爸，媽說，我要做秀珍姨的乾女兒——」她說了之後，大有憂色，「是不是以後再也不能下海了？要到海裡去，怎麼能乾，一定濕了。」

她說來認真之極，話一出口，穆秀珍已一面怪叫，一面笑得喘不過氣來。

（四）歡樂的小島

白素用大毛巾替紅綾抹濕漉漉的身子，一面向她解釋「乾女兒」的意思，紅綾自己也笑了起來——一時之間，海灘的歡樂，真是難以形容。

我遊目四顧，問：「怎麼不見小寶和藍絲，他們不喜歡海洋？」

白素笑：「怎麼不喜歡，可是小寶的父母在，藍絲就不能著泳衣，她腿上的刺青，叫溫媽媽看到了，可是一個大麻煩。」

穆秀珍顯然已知藍絲的來歷，她立時道：「那位溫夫人，真是，我贊成藍絲別遮掩。」

這個提議，深得吾心，我立時舉手，可是還未曾出聲，白素已道：「這玩笑開不得，溫夫人那麼胖，只怕真會腦充血，反正他們住不久，等他們走了之後，藍絲有的是嬉水的時間。」

我笑了起來：「在電話中聽，陶老大對他們兩人也不是十分歡迎，待我略施小計，請他們早日歸去。」

穆秀珍高聲贊同，白素道：「看來，你們父女兩人，都和秀珍臭味相投。」

我們一面說著，一面走向一列屋子，屋子前是一幅草地，在暮色四合之中，已燃起了火把，草地上現出神秘悅目的圖案。

陶啟泉裝束輕便，正向我們迎來，在他的身後跟著兩個人，一男一女，卻是盛裝，男的甚至還打著領結，女的身形巨大如航空母艦，一身衣服的顏色，比修得很好的草地還要綠。

那自然是溫氏夫婦了——看到他們，我並不奇怪，因為我早知他們在島上，可是我一時之間，想不透他們何以穿得如此隆重。

在他們的身後，又跟著手拉手兒的一男一女，男的身形高，年紀輕，貌相俊美，也是西裝筆挺，我要定了定神，才能認出他就是溫寶裕來。還好，在他身邊的藍絲，沒有穿上晚禮服，不然，我真會以為甚麼家族的神經病發作了。

看到小寶這樣的穿著，我忍不住大笑了起來，隔老遠就一面笑一面叫：「小寶，你發甚麼神經？今晚有化裝舞會嗎？」

我依稀看到溫寶裕有點愁眉苦臉——這時，陶啟泉已來到了近前，我和他熟得不能再熟，一見面，就互相拍打、擁抱。

陶啟泉趁機在我耳際迅速地道：「這兩夫妻……不，那胖女人有神經病，堅持要表示對我的尊敬，所以要一家子服裝整齊，幸好我吩咐藍絲，絕不可聽她的，不然，人都會昏過去。」

我聽得又是一陣大笑，小商人見了大商人，一如小賊見了大盜一樣，總是崇敬非凡的，溫媽媽熱中名利，行為古怪一點，倒也是人之常情。

我低聲道：「等我要他們漏夜離開。」

這時，溫氏夫婦已來到了近前，溫媽媽看到我和陶啟泉如此熟落，神情不勝欣羡，又恭維陶啟泉：「陶先生，你真隨和，人家隨便拍打，你也不生氣。」

溫寶裕跟在媽媽後面，長歎了一聲，聲音極大，顯然是歎給我聽的。

可是她媽媽卻一點也不明白何以要長歎，反倒抓住了機會，進行「家庭教育」——當然也是做給陶啟泉看的，她道：「小寶，做人要有朝氣，長吁短歎的人，沒有進取心，要不得——陶先生，我們家小寶，平時也不是這樣的人，這兩天，不知道為甚麼，老是愁眉苦臉的。」

她的這句話，倒是把大家都逗樂了——全人類都知道小寶為甚麼愁眉苦臉，只有她不知道。

我向陶啟泉使了一個眼色：「我動身來的時候，你的一個手下，說是集團新設立的東方醫藥部門要擴充，有一筆很大的中藥交易，要我帶口信給你，找個代理。」

我那幾句話才一出口，溫媽媽雙眼放光，立時道：「我們溫家，祖宗三代經營中藥，是老字號了，在中國各省都有長久的客戶。」

陶啟泉隨口道：「好啊，我委託你們代理——不過事情很急，你們要連夜趕回去才行。」

溫媽媽吞了一口口水，意似不捨，向溫先生望了一眼，終於一頓足：「要不是你沒有用，你一個人去就行，我可以多陪小寶些日子，大家高興。」

陶啟泉忍住了笑：「溫夫人還是一起回去的好，我這就叫人準備。」

陶啟泉比我還做得出，竟即迫著溫氏夫婦上機：「晚餐就在飛機上吃好了。」

就這樣送走了溫氏夫婦，小寶沒有到機場去，只是在車子駛走之後，他雙手高舉，宣布：「可以笑他們，但請別太過分。」

陶啟泉笑：「沒有人要笑他們，只是我們想過得自在一些。」

溫寶裕首先發出了一聲歡呼，脫下外套，解下領帶，遠遠拋了開去。紅綾一把拉住藍絲：「來，我帶你去游水，太舒服了。」

藍絲也發出了一下歡呼聲，我忙道：「且慢，藍絲我有話要問你。」

藍絲雙手抱拳，看來我再堅持，她會向我下跪，她俏臉上那股哀求的神情，使我自然而然揮手：「去吧。」

藍絲大叫一聲，跳得老高。溫寶裕向我解釋：「她從來沒有在海裡游過水。」

一句話沒有說完，兩人已經手拉手，飛奔而出。紅綾身子動了一下，像是想跟了去——我就在她的身邊，所以可以感到她的意向，可是她卻終於沒有動，只是視線投向遠去的藍絲和小寶，很有欣羨之色。

我不禁大是高興，因為這表示紅綾竟然十分懂事——連人情世故也懂得了。當然，她要是跟了去，小寶和藍絲不會不歡迎，但那總比不上她不跟去的好。

我向白素望去，白素顯然也感到了這一點，只是心滿意足地笑。

太陽下山，在燒烤爐旁進食，紅綾胃口好得像是可以把那頭小牛整個吞下去，她不斷吃著，笑著，講著話，手舞足蹈，大口喝酒。火光把她的臉映得通紅，她整個人就像是一團火，在燒來燒去。

等到她吃飽喝夠，她一躍而起，一個空心斛斗，翻進了一張吊床之中，不到一分鐘，已是鼾聲大作，進入黑甜之鄉了。

我和白素向陶啟泉和穆秀珍笑了一下，表示無可奈何。穆秀珍和陶啟泉，異口同聲：「她是一個快樂人。」

穆秀珍補充：「一個極快樂的人。」

陶啟泉也補充：「可能是世界上最快樂的人。」

我歎了一聲：「不見得，她也有她的煩惱，只是她不把煩惱放在心上而已。」

四個成年人靜了一會，各自喝著酒，陶啟泉忽然說了一句：「雲夫人，我們之間的事情解決了——」

穆秀珍（她是雲四風的妻子）笑：「不是想趕我走吧？我要在最短時期內，把紅綾訓練成一流的潛水家，大約需要一個月的時間。」

陶啟泉也笑：「當然沒有趕你走這回事，你要在島上多久都可以，只是我——」

穆秀珍反客為主，揮著手：「你忙，要離開，只管請便，不送了」

她言行都如此爽朗，逗得我和白素都望著她笑，她自嘲：「蘭花姐一直說我『粗』，誰知年紀越大，越是『粗』，和紅綾一樣。」

說了之後，她又作了一個鬼臉：「該死，公然說人家的寶貝女兒『粗』，是不是該罰？」

我「呵呵」笑：「對，罰三大碗酒。」

穆秀珍站了起來，一口喝乾了酒，把空酒杯向陶啟泉一照，大聲道：「謝謝。」

然後，她大踏步走向紅綾，那裡另有幾張吊床在，她躍上了紅綾旁邊的一張，令吊床輕輕搖動，遠遠望去，優哉悠哉之至。

陶啟泉歎了一聲：「人是不是快樂，由性格決定。別人若是處在雲夫人如今的境地，一定憂心忡忡，惶惶不可終日了，可是她卻看得開，還要花一個月的時間，訓練紅綾潛水。」

我聽得陶啟泉那樣說，不禁吃了一驚，白素也一樣，所以我們齊聲問：「她有甚麼困難？」

陶啟泉像是覺得剛才說溜了口，這時急忙補過：「她有甚麼困難？甚麼困難也難不倒木蘭花姐妹。她說自己粗，其實是粗中有細。若不是她知道沒有事，怎麼會好整以暇，在島上多住一個月。」

我和白素互望了一眼，陶啟泉的話，分明是「此地無銀三百兩」。但是他不說，也必然有他的原因，我和白素都不是專好探聽他人隱私的人，所以也沒有問下去。只是我道：「紅綾和我們，會儘快離開，她的潛水訓練計劃，只怕要等下次機會了。」白素訝異地望著我，我道：「發生了許多事，我詳細說給你聽。」

陶啟泉忙道：「你們慢慢說，我要休息了——明日一早我離開，你們只管自便。」

他說著，轉身向外走，可是才走了幾步，就又轉回身來：「對了，我另一個乾女兒，女巫之王瑪仙，究竟怎麼樣了？」

本來，我們講話的聲量都很低，但這時，由於陶啟泉已走開了幾步，再轉身說的，所以，他自然而然提高了聲量。所以，躺在吊床上的穆秀珍聽到了。

我還沒有回答，就看到她從吊床上陡然彈了起來，一落地，就向前掠來，身形矯健之極。

她一下子來到了我們面前，神情關注：「我也想知道那女巫之王的下落。」

她這樣說了之後，略頓了一頓，才道：「其實，我更想知道原振俠醫生的下落——有一些很古怪的事，我懷疑和原醫生有關。」

我聽得她那麼說，自然而然笑了起來——古怪的事和原振俠醫生有關，那是理所當然的事，他本身就古怪之至。

我一面笑，一面道：「據我們的一位朋友説，女巫之王離開了地球，目的是去拯救一個遭到了巨大危機的星體。那個星球叫愛神星，和瑪仙有很密切的關係。」

我用最簡單的話，介紹了幾宗複雜無比的故事。

穆秀珍「啊」地一聲，陶啟泉吃驚：「不回來了？」

我道：「不知道，但是她既然能夠離開，應該也可以回來的。」

穆秀珍又問：「原醫生呢？」

我的回答是：「還是那位朋友説的，他説，通過他的幫助，原醫生也離開了地球，去找尋瑪仙。」

陶啟泉大是嚮往：「希望他們不多久，就一起回來。」

穆秀珍皺著眉，像是在想些甚麼。

（若干時日之後，瑪仙確然回地球來了，可是原振俠並不是和她一起回來的。）

（原振俠在宇宙航行中遇到了意外，所以沒有照航程回地球來。）

（那是以後的事了。）

穆秀珍忽然又問：「你說的那位朋友，就是希臘古堡中的康維十七世，那個大鬍子？」

我點頭：「是，他是一個極特殊的人。」

我只能這樣介紹這個康維十七世——因為他真正的身分，當真特殊怪異之至。

穆秀珍伸手在自己的頭上打了一下：「我怎麼沒有想起他來，真是——」她說著，向熟睡的紅綾望去：「怎麼對紅綾說才好呢？我有事要立刻辦，不能訓練她潛水了。」

我一聽，正中下懷，忙道：「我們也有事，想和紅綾儘快離去，正不知如何向你說才好。」

穆秀珍「哈哈」笑著，指著紅綾：「真可憐，一覺睡醒，已是世事全非了。」

白素搖頭：「哪有這麼嚴重，你是她的乾媽，還怕日後沒有機會嗎？」

穆秀珍朗聲道：「說得是，哈哈，教潛水，那不是乾媽，是濕媽。」

她當真說做就做，一揮手：「再見。」

我先是一怔，但繼而一想，那艘「兄弟姐妹號」當然是隨她一起來的，她自然可以說走就走。

當晚，當我和白素也擠在一張吊牀上，紅綾就在我們身邊熟睡的時候，我在準備敍述和鐵旦見面的經過之前，先道：「穆秀珍有些事，她不說，我們也不便問。」

白素點頭：「是，陶啟泉可能知道是甚麼事，怪得很，聽起來，事情像和原振俠醫生有關。」

我伸了一個懶腰：「不管了，反正都是能自己處理任何困難的人——在鐵旦那裡，有了很驚人的發現——」

於是，我向白素敍述那個「大秘密」。

白素聽得很是用心，她的領悟能力又高，我才說到十二天官之中龍天官一定有來頭，她就想到了，她說：「領袖給鐵旦看的那本書，有當年領袖孩子失散的事，鐵旦竟然想不到，未免太遲鈍了。」

我繼續向下說，一直說到龍天官假扮領袖，賺走了鐵大將軍，白素對這件事，倒有她不同的意見。她道：「這倒不能怪鐵旦，父子相似，他又萬萬意料不到，所以就上了當。」

我道：「再像，就算又經過化裝，但總是粗心大意，不然，一定可以覺察。」

白素歎了一聲：「這其中，還有一重原因在——領袖久已乎被抬到了神的地位，他的所有手下，不論地位多高，領袖都是高不可攀的神，別說領袖那時還活著，就算領袖死了，只怕叫人相信他復活了，也不是難事。」我笑：「太誇張了吧？」

白素搖頭：「不，最近我看到了一篇報道，說是有一個演員，因為酷肖領袖，所以在電影中飾演領袖。有一次，幾個赫赫有名的大將軍，和這個演員在一起，那演員站著，諸將軍竟然個個也站著。招待人員請將軍就坐，幾個將軍竟不約而同説，領袖還站著，我們怎麼能坐。話出口之後，他們自己也不禁駭然失笑，從這個例子，可知領袖的威望，是何等之甚。」

我聽了之後，半晌説不出話來。

白素又道：「也有人懷疑那演員是領袖的小兒子，但當然不是。」

我歎了一聲：「一個人的權威，竟可以到達這一地步，真是可怕。」

白素道：「要不然，怎麼會舉國上下，十億人都跟著他發瘋，他在世之日，十萬萬人之中，竟連一個反對的聲音都沒有？怎麼會他死了那麼多年，仍然一樣被尊奉？」

我又呆了好一會，這時，夜涼如水，海風輕拂，女兒在身邊熟睡，愛妻在擁，應該是身心舒暢，可是我卻像是胸口壓了一塊大石一樣。

我接著向下説，説到了「揚州的那一個」，白素也「啊」地一聲：「那才是真命天子。」

我一路向下説，等到説完，她輕歎一聲：「歷史上這種秘密其實極多，不足為奇。」

我道：「鐵天音來了之後，又有一些事發生。」我又把和鐵天音之間的對話說了出來，這一次，白素聽得聳然動容，她甚至出聲叫了一下：「那種外星人，就是他們。」

她的情緒雖然激動，但總算維持到聽到我說完。然後她陡然坐了起來——她忘了是躺在吊牀之上，動作一快，吊牀劇烈地搖晃了起來。

她索性一躍下地，大有怒容（在她而言，罕見之至），她道：「這人太可惡了，他應該知道那種外星人和我，和我家有千絲萬縷的關係，任何線索都寶貴之極，他怎能把資料毀去？」

我同意她對鐵天音的指責，但仍代鐵天音解釋了一句：「他說，已把記錄中的一切都說出來了。」白素仍是憤然，我再把我和鐵天音之間的討論，說了一遍。白素握住了我的手：「若是十二天官齊心，可以『召來』那種外星人，那證明外星人能接收人類腦部活動所產生的能量。」

這一點，可以肯定，而我更樂觀：「我相信那件背心上，可能有通訊裝置，可以通過那種裝置，和他們取得聯絡——再到苗疆去，勢在必行。」

白素深深呼了一口氣：「而且，也要紅綾的幫助，她能輕而易舉找到那兩頭銀猿。」

我很有信心：「她一定肯答應的。」

白素吸了一口氣，抬頭看天，天上繁星點點，她十分緩慢地道：「從懂事起，我就一直在想像著能有見到自己媽媽的一天——對自小就有媽媽，一直都有媽媽的人來說，那種行為，可笑之至。人總是不珍惜自己所擁有的，有媽媽的人之中，甚至有不少討厭見到媽媽的。」

我沒有說甚麼，白素如此傷感，我也沒有甚麼話可以安慰她的。

我只是發現她的眼角有點潤濕，所以替她抹拭了一下。她又道：「如果她老人家經過腦部改造，成了外星人的話——」

我不等她說完，就接了一句：「那就恭喜了，簡單地來說，她老人家已經『成仙』了。」

白素一聲長歎：「就算成了仙，也該下來看看女兒。而且，若是成了仙，當年只是一場誤會，應該再也明白不過，爹也已到了晚年——」

白素越說越是傷感，我不禁有點手足無措，幸好就在這時，一陣嬉笑聲，自遠而近，迅速傳了過來——溫寶裕和藍絲游完水回來了。

他們兩人，不一會就到了近前，藍絲的身上，滿是水珠，在夜色中看來，很是神秘，她頭髮上也全是水，她用力搖著頭，讓水珠四下飛濺，溫寶裕則跳躍著，試圖在半空中抓住那些水珠。

溫寶裕和藍絲立時發現了我和白素，神色有異，兩人都靜了下來。

我向藍絲招了招手，她走了過來，我開門見山地問：「藍絲，你見過老十二天官沒有？」

藍絲搖頭：「沒有，我懂事，師父把有關天官門的事告訴我時，老十二天官已經不在了。」我又問：「他們葬在甚麼地方？怎麼我出入藍家峒幾次，從來沒人向我提起過？」

這個問題不算古怪，可是藍絲在一聽之下，神情古怪之至，望著我，反問我道：「師父沒對你說？」

我搖頭：「沒有，他們只是給了我一部記錄，說有關十二天官的一切，都在記錄之中。」

藍絲想了一想，才道：「師父曾告誡過，不要隨便對人說，但我們是自己人——老十二天官沒有死，只是……他們不在了。」

溫寶裕率先叫了起來：「甚麼意思？」

白素卻立刻明白了：「就像我的母親一樣，沒有死，只是不在了。」

我不禁也是駭然，不由自主，伸手向天上指了一指。藍絲道：「是，師父說，老十二天官升仙了，只可惜升仙的方法，沒有傳下來，他們就不能和老十二天官一樣。」

我有點啼笑皆非——這一點，重要之極，但是我竟然到現在才知道。

那當然不能怪十二天官，我沒有問，他們也不會無緣無故告訴我。他們把那記錄交給我，已是對我最大的信任。老十二天官的「成仙」，經過的情形，極有可能和陳大小姐一樣——經過外星人的改造，成了外星人。

（五）又臨苗疆

白素也想到了這一點，她的聲音有點發顫：「看來那種外星人很鼓勵地球人加入他們：烈火女，老十二天官，都經過他們的改造而成了仙。」

我思緒紊亂，漫聲以應：「看來是。」

紊亂之中，我忽然想到的是：老十二天官成仙的經過，是不是也寫進了那部記錄之中？

我想到了這一點，沒有表示出來，因為白素對鐵天音極不滿，我要是說了，豈不是火上加油——但是不必多久，我就知道說不說都一樣，我想到的事，白素又豈有想不到的？

藍絲看到我們神色凝重，想問又不敢問。白素忽然轉變了話題：「找到你父親沒有？」

藍絲神情黯然，搖了搖頭：「猛哥大哥已經在苗疆之中，廣傳音訊，可是沒有人發現他——我倒真的想把他找出來，因為我知道他活在極度的苦痛之中。」

藍絲這樣說，多少有點安慰白素的意思在內，因為白素的母親，雖然也一樣下落不明，但若是「成仙」了，那就不會有痛苦，情形和她的父親一直受著痛苦的煎熬不同。

溫寶裕笑道：「本來是歡樂的小島，怎麼忽然之間，個個唉聲歎氣，愁眉苦臉起來了？」

藍絲向他一指：「把令尊令堂再請來，讓你一個人愁眉苦臉。」

溫寶裕雙手亂搖：「這玩笑可是開得的？」

我又伸了一個懶腰，像這種在一個風光明媚的小島上，嬉水度日，對我來說，當然不適合。我是一個需要不斷地奔波，不斷有新鮮事在身邊發生的人。偶然一兩天，作為生活上的休止符，自然可以調劑一下，但若生活就是如此靜止，只怕生命也結束了。

我問溫寶裕：「我們明天就會離開，而且會把紅綾帶走，你行程如何？」

溫寶裕伸了伸舌頭：「借陶老大的名頭，我們想多逗留幾天，然後，藍絲會回藍家峒，本來她想和瑪仙會面，只可惜女巫之王，竟然遠征宇宙去了。」

溫寶裕和藍絲，這時都現出極其嚮往的神情——他們年輕，自然有非凡的雄心壯志。我苦笑了一下，心中所想的是，能把地球上的事儘量弄清楚，已經極好了。

溫寶裕又道：「那位秀珍姨，好像很有心事，沒對你們說？」

白素道：「沒有，也沒有問。」

溫寶裕大聲道：「我也沒有問，她那麼爽朗，若是可以對別人說，一定會說的。」

我很高興溫寶裕能這樣想，溫寶裕搔著頭：「還有一個麻煩，媽見了藍絲，像是見了蜜糖一樣，教訓了我一大堆話，說是甚麼夜長夢多，不如快快娶了來作溫家的媳婦，免得她提心吊膽。你們說我該怎麼辦？」

我半秒鐘也沒有考慮：「告訴令堂，就算結了婚，變卦起來，也是會離婚的。」

溫寶裕認真想了一會，才道：「也只好這樣了。」

當晚，我和白素，就陪著紅綾，露宿在吊牀上。第二天一早，是被紅綾的長嘯聲吵醒的。紅綾張開雙臂，面對大海，嘯聲清越嘹亮，足以傳遍全島。

我和白素，來到了她的身邊，白素一等她停止，就道：「秀珍姨有要緊的事，離去了。」

紅綾一怔，隨即道：「我自己也能潛水了。」

我認真地道：「我們也有事，也要離去，你要和我們一起走——」

紅綾聽到這裡，神情陰暗。

我接下去說：「到苗疆去，有重要的事要你做。」

紅綾有一個好處，她能把失去甚麼的不快和失望，很快地置諸腦後，而很快地投入新處境和喜悅之中。

這時，她聽說有重要的事要她做，更是歡喜，當時拍著手叫：「好啊，又可以回苗疆去了，我能做甚麼？」

我和白素互望一眼，白素點了點頭，我道：「一到，你就要找到那兩頭銀猿。」

有說地球生物之中，只有人類，才會把內心的感情，用臉部肌肉表現出來，稱之為「表情」。此說若是成立，那麼我敢說，人類之中最不會掩飾表情的人，就是紅綾了。她心中高興，就哈哈大笑，一不高興，立刻就在臉上表現出來。

這時，她一聽得我這樣說，立刻就拉長了臉，而且還連退了三步，睜大了眼瞪著我。

我先向她搖了搖手，又指著自己的頭：「找那兩頭銀猿，不是要打破牠們的頭——你現在也應該知道那叫『做手術』，而是要那件會發光的衣服，那可能是『神仙』留下來的東西。」

我解釋得再詳細沒有，可是紅綾對那兩頭銀猿的感情，當真非比尋常，她還是有點不相信，又向白素望去。白素點了點頭：「是，有了那件會發光的衣服，就有可能和神仙……見面，可以知道我媽媽的下落。你有媽媽，我也有媽媽。」

紅綾大點其頭：「人人都有媽媽。」

她想到很快又可以見到銀猿，已高興起來，在朝陽之下，又樂得極其燦爛。

紅綾的嘯聲，把溫寶裕和藍絲也吵醒了，兩人迎著朝陽走過來。

我又向藍絲問了有關十二天官的一些事，但是她並不是知道很多，我決定到了藍家峒，直接向十二天官去問。

當天，我們和陶啟泉一起離開，陶啟泉要到紐約去，我和白素商量了一下，反正不急在一兩天，不妨讓紅綾見識一下世界第一大都市。

於是，我們帶著紅綾，在紐約玩了三天，到了晚上，問紅綾觀感，答案出乎意外，她並不感到特別，這樣說：「全一樣，就像森林，都一樣。」

我和白素都笑了起來，知道以後不必再帶她去看其他的大城市了，在她看來，都一樣。

先回家，再和陳耳聯絡——藍絲在離開的時候，駕了那架直昇機，停在機場，那方便我們到藍家峒去。

一切都很順利，當直昇機在藍家峒上空盤旋的時候，已可以看到不少人在下面高舉雙手在跳躍，他們可能以為是藍絲回來了。

等到降落，一大羣人圍了上來，見到了是我們，雖感意外，但一樣歡迎，紅綾一躍而下，已和幾個少女摟成一團，峒主搖搖著高瘦的身子走過來，我性急，不見十二天官，我就問：「天官們呢？」

峒主神色凝重，向遠處指了一指：「過兩天是老十二天官升天的日子，他們都到那山頭去了。」

循著他所指之處看去，都是重重疊疊的山頭，也不知他指的是哪一個。

我還想追問，卻被白素所阻，我也為自己的性急感到好笑，苗人世代在此過著優閒的生活，做事自然慢吞吞，哪有甚麼十萬火急的事。

於是，又有載歌載舞，好酒好肉的盛大歡迎，紅綾得其所哉，在眾人的注視之下，咕嚕咕嚕，喝光了一竹筒酒，大聲宣布：「所有別的酒，都沒有這裡的酒好喝。」

峒主笑：「好，送你二十筒。」

紅綾大樂，抹著口角的酒，向我和白素望來，我唯恐白素不答應，連忙先大點其頭，然後再偷覷白素，看到她和我幾乎是同時點頭的，我也大樂。

我的高興，是由於紅綾在接受饋贈之前，竟知道徵求我們的同意——相信白素也是為此高興，這是天下心理正常的父母的理所當然的反應。至於心理不正常的父母，那就不能用常理度之了。

酒酣耳熱，我才向峒主提起：「當年，老十二天官進藍家峒的情形，你還記得？」

峒主見問，先是呆了半晌，這才點了點頭：「記得，那時，我已經可以出獵了。」

男性足十四歲，可以出獵，那時的峒主，已經是青年人，當然有記憶了。可是他的神態，卻表示他不是很願意提十二天官的事，我再問了一些問題，他不但有點支吾其辭，而且一副坐立不安的樣子。

白素示意我不必再問下去，我又問了一個問題：「是哪一個山頭？我們有要緊的事要和十二天官商量，想去找他們。」

峒主雙手連搖：「十二天官不讓人接近那山頭……你們……就算要去，走路也得好幾天，不如等他們回來。」

我堅持：「我們可以飛去，很快就到。」

峒主的神情更是遲疑：「不好吧……他們在等神仙出現……你那飛機飛了過去，要是和神仙相撞，那……不怎麼好吧。」

峒主的顧慮，雖然可笑，但是以他的知識程度而言，也只好這樣想了。

我再問：「當年老十二天官見過神仙，他們後來又升天成仙的事，你向我說說。」

峒主歎了一聲，大口喝了幾口酒，這才道：「天官的事，我不是很知道，就算知道了，也不能亂說，他們過幾天就回來了。」

他把話說得如此明白，我自然也不能再問下去了。

十二天官在苗峒之中的地位，本來就很特殊，再加上他們又和法術、神仙等秘不可測的現象扯在一起，自然更叫人敬鬼神而遠之，不敢輕易談論了。我沒有再說甚麼，和峒主對喝了三杯酒，再也不提十二天官的事。

當晚，我和白素討論，我道：「你看峒主是知而不言，還是他不知道甚麼？」

白素吸了一口氣：「他是不知道，天官門始終是十二個人為一體，和其他人的接觸，保留了它的神秘性。」我想了一想：「對我們算是極好的了。」白素同意：「甚至把那部記錄給了我們。」

討論也不得要領，紅綾早已熟睡，一切全都靜了下來，我遙望峒主曾指過的方向，想發現一些火光，就可以知道十二天官是在哪一個山頭上等候神仙。可是望出去，只是一片黑沉沉，整個蠻荒都在沉睡之中，神秘得令人心悸。

一宿無話，第二天一早，紅綾就領著我們出發，一路上，她不斷發出各種聲音，有時長嘯，有時吼叫，有時聲音短促，有時候聲音悠長，至少引來了百十頭各種各樣的猴子，可是不見那兩頭銀猿。

在出發的時候，我們就有「遠征」的打算，所以並沒有使用直昇機。我們的目的地，是那收藏了許多烈火女骸骨的山洞，因為銀猿曾在那裡出沒。估計，大約有三四天的路程，可是結果，卻花了足足六天——原因是我們三個人，把這次行程，當作了是一家人的遠足。

在苗疆的山巒叢林之中，固然蘊藏著許多兇險，但是有紅綾在，甚麼樣的兇險，都可以化險為夷。當然，我和白素，也不是等閒之輩，當真是樂趣無窮，其中的經過，要是詳細寫來，是可以寫成一本書，而那本書，可以是苗疆的博物誌。

在那七天之中，我算是經歷豐富的了，但也經歷了不少「破題兒第一遭」的事，例如把指頭大小的螞蟻，聚成一堆，燒得半焦來嚼吃——只吃後半截，香酥可口，前半截又酸又澀，難以入口。我不信紅綾所言，咬了一口，吐之不及，笑得紅綾打跌。

一天傍晚，經過一個爛泥塘，這種爛泥塘，如果塘面長滿了水草浮萍等植物，那是危險之至的動物陷阱，哪怕是飛鳥，只要一不小心，一腳踏了上去，就一定越陷越深，直到被泥沼吞沒為止。

這個爛泥塘，約有二十公尺見方，卻是寸草不生，泥漿在夕陽的餘暉之中，泛著紫艷艷的光芒，看來極其異特。

像這樣的泥沼，雖不多見，但也決不是甚麼稀罕的景象，可是紅綾一見，大喜過望。她先在塘邊蹦跳了一陣，發出了一陣我們聽來毫無意義的呼叫聲。

跟著我們的那羣猴子，也顯得興奮莫名，跳得老高，吱喳亂叫。

紅綾先繞著泥塘，奔了一圈，我和白素，至少叫了十次「小心」，同時，也不知道她對這個泥沼，何以會如此感興趣。

我們問她，她道：「運氣好的話，等一會就會知道，運氣不好，說了你們也不明白。」

她居然也會賣關子，真叫人又好氣又好笑，我們索性不再問，看她搗甚麼鬼。

只見她向猴羣發號施令，有兩頭猿猴，飛也似奔了開去，其餘的猴子，散了開來，四處去找石塊，有大有小，最小的也有拳頭大，大的要兩頭猴子合搬，石塊搬了來，都放在塘邊。

我忍不住問白素：「喂，我們的寶貝女兒在做甚麼？」

白素一點也不性急：「你沒聽她說嗎？運氣好的話，看下去就明白了。」

我瞪了白素一眼，在塘邊揀了一個樹樁，坐了下來，白素在走來走去。

這次出來，由於早已預算會是長途旅行，所以準備充分，紅綾力氣又大，單是粗竹筒酒，就帶了三筒，我就取了一筒慢慢來喝。

其時夕陽火紅，眼看天色快黑了，我長歎了一聲：「全家都在泥沼邊，今夜晚飯未準備。」

白素聽了笑：「照我看，我們的寶貝女兒，是想在泥沼中捉甚麼活物來當晚餐。」

我吃了一驚：「爛泥塘中，能有甚麼好吃的。」

白素道：「我也不知道，可是單看她那麼起勁專注做一件事，也是賞心樂事。」

白素這一句話，深得我心，看紅綾在大忙特忙，還不時向我們做一個手勢，隔上些時，又飛快地來到我們身邊停一停，都叫人心神俱暢。

不一會，已有好幾十塊石塊在塘邊。先前離去的兩頭老猴子，也回轉來，竟然各抓了一頭小鹿來，小鹿還在呦呦亂叫。

我和白素都吃了一驚，不知紅綾意欲何為。我喝了一口酒，大聲道：「烤了這兩隻鹿來吃了吧。」

紅綾在塘邊答：「不，等一會有更好吃的。」

一聽得紅綾這樣回答，我不禁對白素大是歎服，她早就知道紅綾的目的了。

只見紅綾一伸手，提過了一頭小鹿，雙手一扭，就扭斷了鹿頸，把鹿血全都灑在石塊上，手法乾淨利落之至，神情自若——叫愛護動物協會的人見到了，至少要將她號枷三日示眾。

放了兩隻鹿血，幾十塊石頭，都已染了血，她折下根樹枝，取出了小刀來，將樹枝的一端，削得十分尖利，變成了一件武器。

紅綾一直十分熱中各種鋒利的小刀，收集了不少，身邊總有幾柄在。

她削好了木棒，試了試尖端，神情像是不很滿意。

（我把這一段經過寫得很詳細，實在是由於經過很有趣，而結果又出乎意料之外的緣故。）

白素見到了這等情形，提醒她：「何不把小刀綁在樹枝上？」

紅綾側頭想了一會，採用了白素的建議，待她綁好了小刀之後，神情大是滿意，又飛快奔了過來，緊緊摟了白素一下，再回到塘邊。

這時，天色已黑，好在正是月明之色，在這種荒山野嶺處，月色特別明亮（空氣特別潔淨的緣故）。

紅綾開始行動，她指揮著猴羣，把染有鹿血（已乾凝）的石塊，一塊一塊，拋進泥沼去。

等拋了七八塊之後，我們注意到，石塊是先拋大的，再拋小的。

我和白素討論，我道：「拋石頭下去幹甚麼，難道下面那活物吃石頭？」

白素道：「我看是石頭上的血，下面那活物，多半嗜鹿血，會舐去石上的血。」

我點頭：「是，先拋大的，沉得深，再拋小的，就可以逐步把塘底的活物引得浮上來，然後——」

我說到這裡，作了一個挺桿前刺的手勢——這時，紅綾正執著那綁了小刀的樹枝，在塘邊全神貫注。

而且，本來是很平靜的泥塘面，這時，隨著石塊拋下去，泥漿濺起之後，塘面泥漿起伏，大有暗湧，可見下面那活物，身體不小。

白素忽然緊張起來：「那不知是甚麼怪物，不知是不是有危險？」

我笑道：「要把牠抓來吃了，還怕牠嗎？」

白素搖頭：「不然，老虎、鱷魚，都有人抓了來吃，牠們可全是吃人的。」

我攤了攤手：「你看這陣仗，去打擾她，只怕更危險。」

這時，石塊已差不多拋完了，而泥漿中的暗湧，起伏更甚，紅綾的神情也更緊張。

等到最後一塊石頭拋下去，忽然泥漿之中，冒起了一個怪頭來，紅綾也在那一剎間，大叫一聲，對準了那怪頭，直刺了下去，出手快絕，一刺之後，隨即向上一挑，「呼」地一聲，自泥塘之中，挑出了一大團物事來。

那物事呈拋物線，落向她的身後，就在我們不遠處落到了地上。

我們還未看清那是甚麼東西，只看出牠足有成人大小，那東西一落地，身子扭動，極快地想竄回泥塘去。可是紅綾一聲呼喝，十七八頭猴子，一起撲了上來，壓到了那東西的上面，阻止牠回逃。

紅綾大聲歡呼，在紅綾的歡呼聲中，忽然有一下接一下的嬰兒啼哭之聲傳出來，「唔哇」、「唔哇」，清徹嘹亮。我陡然一怔，最先想到的是，難道是附近又有婦人在產子，像當年猛哥發現了陳二小姐一樣。

那個念頭，至多只是半秒鐘的事，我立即明白是怎麼一回事了。而白素顯然比我早半秒明白是甚麼事，因為她已經叫了起來：「放牠回去。」

白素一叫，紅綾立時向我們望來，神情大惑不解。我怕她再下手去刺，也叫道：「放牠回去。」

紅綾神情更是不解，可是她還是叫了一聲。隨著她一叫，堆成一堆的猴子，一下子散了開來，月色之下，我們也看清了被紅綾從泥塘中挑上來的那東西——正是牠，發出宛若嬰兒啼哭的聲音，那是一條其大無比的娃娃魚——極珍罕的動物大鯢。

牠足有一公尺半長，這種大鯢，蠻荒大澤，正是牠的原產地，想不到竟有如此之大的。

這時，牠扭動身子，迅速向泥塘滑去，一路之上，仍然發出「嗚哇」、「嗚哇」的叫聲，昂著頭，樣子可怕，和牠發出的聲音絕不相稱。

轉眼之間，「撲通」一聲，跌進了泥塘之中。

紅綾聽了我們的話，可是神情大惑不解，向我們望來。我先開口：「這東西叫娃娃魚，是珍罕動物，我們不應該殺害珍罕動物，要保護牠們。」

紅綾明顯地不明白：「正因為少，才難得，那肉，好吃之極。」

白素道：「少，就要保護，我們可以烤鹿吃，鹿多，吃不完。」

紅綾依然不明：「人也多，不必受保護，可以殺來吃。」

看來，要她明白何以稀有生物要受保護的道理，還真不是容易的事。

當晚，烤了鹿吃，向她解釋了很久，到臨睡，她還砸著嘴：「你們沒吃過，所以會把牠放回去。」

我和白素都笑，可是笑到一半，我突然想起，要把那條大鯢弄出泥塘來的過程，絕不簡單，十分複雜，紅綾是怎麼學會的？

（六）撕心裂肺的慘叫

我把這個問題提了出來，第一個答案來得很自然：是她在做女野人的時候。

但是這個答案經不起考驗——那麼複雜的捕捉過程，毫無疑問是人類的行為，就算是野人行為，也應該有野人教過紅綾，或紅綾看其他的野人做過。

可是，除紅綾之外，又未聞另外還有野人。

那麼，紅綾是如何學會的——把問題向前推，她是何以一見了這泥塘，就知道塘下有大鯢的？

我們一起向她看去，看到她正在挖地，不一會，就挖出了一個不知是甚麼植物的根塊來，笑孜孜地向我們走了過來，把根塊遞給了我們，簡單地道：「好吃。」

那種不知名植物的根塊，確然香甜可口，我看到白素一面吃著，一面握住了她的手問：「剛才捉娃娃魚的辦法那麼聰明，誰教你的？」

紅綾笑，答案簡單之至：「就是那兩頭靈猴，我見牠們捉過幾次，就學會了。靈猴，所有的猴子都愛吃那會學小孩叫的東西，放了回去，牠們失望極了。」

竟連猿猴也愛吃娃娃魚，真是不可思議之至。

當晚，紅綾睡了之後，我對白素道：「靈猴再靈，也不能有這樣的精密行為。」

白素不同意：「也很難說，生物行為精密起來，人類尚且不如，白蟻會建造有空氣調節的大巢，編織鳥會用草來築巢，都靈巧過人。」

我心中仍有著疑惑，但是一時之間，想不出究竟，只好暫時存疑了。

本來只需三天的行程，走足了六天，另外有一個十分主要的原因，是從第二天早上起，我們就發現，可能有人在跟踪。

最先有這個感覺的是紅綾——自然是由於她的野外生活經驗豐富，所以警惕性特別高的緣故。

那天早上，她先是側著頭，視線落在約七八公尺外的一株大樹上——那時，跟著我們的猴羣還不是很多，大約只有五六隻。

紅綾看了一會之後，就和那幾隻猴子「交換意見」，有聲音也有手勢，眾猴也各有表示。

然後，她問我和白素：「昨晚，你們曾爬上樹去？」

我和白素一起搖頭，紅綾濃眉一揚，突然躍了起來，奔向那棵樹——她的步幅大，動作又快，事實上，七八公尺的距離，第三步已經跨到了。

（世界最短距離賽跑，十公尺賽事，通常跑六步半，她去跑，準贏無疑。）

一到了樹下，她抬頭向上看了一下，就向上攀去，迅速到了離地約有六七公尺高的一根橫枝上，她向我們大聲叫：「昨晚，有人睡在這裡。」

我和白素互望了一眼，覺得十分之不可思議。要是如紅綾所說，那麼這個人選擇了這棵樹過夜，目的是甚麼呢？當然是為了監視我們。

因為在那個位置，居高臨下，可以把我們昨夜宿營處，一覽無遺。

不可思議的是，甚麼人會這樣做，這樣做的目的，又是為了甚麼？

紅綾在那橫枝上來回走了幾遭，又用力嗅聞，然後，不沿樹幹而下，竟是一躍而下，神情十分惱怒。我道：「或許不是人，是猿猴？」

紅綾搖頭：「若是猿猴，一定會來和我相會。那人……」她說到這裡，向我和白素望來，神情變得遲疑，「難道和我以前一樣，是一個野人？」

她這樣說了之後，四面張望，皺著眉：「這人……還在……不遠處，不過要找他出來，也不是易事。」

我想起紅綾自己也曾在距離我和良辰美景之前五公尺處，偽裝成一節樹幹，聽我們說話的情形，也跟著她四面看着。

白素看到我們這種疑神疑鬼的情形，不以為然：「別那麼緊張，就算有人曾在近處出現，那人也不會有惡意。要不，我們昨夜根本不知近處有人，他要對我們不利，我們難以預防。」

白素的話很有道理，紅綾又想了一會，才道：「我要把他找出來。」

她這樣一說，等於是要和她所說的那個人，玩一場遊戲了。所以我和白素，也就不急於趕路，拖長時間，好讓她完成「把那人找出來」的心願。

接下來的日子中，紅綾一直堅持，「那個人」一會近，一會遠，在跟踪我們。只不過在晚上，「那個人」會在離我們較遠處休息。

紅綾曾布置了由她率領的猴羣搜索隊，搜索的範圍，約莫是以我們所在處為中心，半徑一公里的範圍，而且往往突然發動。可是，每次都沒有結果——也不能說沒有結果。只不過結果並不是「把那個人找出來」，而是順便帶回了許多稀奇古怪的食物，動植物都有。

有一頭黑色的猴子，抓了一條足有半公尺長的蜈蚣來獻給紅綾，紅綾十分高興地接了過去，立時躲過一邊，不一會回來，手中已空空如也。我和白素駭然互望，知道那蜈蚣，已叫她活剝生吞了。

白素作了一個無可奈何的神情，我握住了她的手，安慰她：「據說蜈蚣是天下美味，當年曾偷入御廚房，最懂得吃的丐幫幫主，九指神丐洪七公，也嗜吃蜈蚣，這麼大的，一定是珍品。」

白素沒好氣：「洪幫主可是煮熟了來吃，不是吃『刺身』的。」

我「哈哈」大笑：「這才叫別出心裁，推陳出新。」

紅綾一直沒有把「那個人」找出來。一直到了捉到了那條大鯢，又放了回去的那個晚上，還是沒有結果。我忍不住對白素道：「我開始懷疑，是不是真有『那個人』的存在。」

白素十分相信紅綾的感覺：「以她野外生活的經驗，她不會弄錯。」

我道：「那個人是甚麼人，如此神通廣大，竟能跟蹤我們好幾天而不被發現？」

白素更正我的話：「早就被發現了，只是還沒有把他找出來。」

我心中一動，伸手指向白素，白素捉住了我的手，她的手很冷，她道：「我也想到過，但不會是她。」

白素口中的「她」和我用手指向她的意思是一樣的——會不會是陳大小姐呢？

我一揚眉，白素道：「她不會做這種鬼祟的事。」

我沒有說甚麼，但免不了「腹誹」了一下：「當年把我們的女兒抱走，也不見得甚麼光明正大。」

白素又道：「會不會是那種外星人？」

我笑了起來：「當然更不會，外星人在天上飛來飛去，又會發光，在地上跟我們幹甚麼？」

討論沒有結果，第二天早上，紅綾又指揮著眾猴搜索了一陣，仍無所獲。

我問紅綾：「你肯定有人在跟我們？」

紅綾用力點頭，由於一直未能把「那個人」找出來，所以她不免有點神情悻然。

紅綾道：「這人十分……滑，他不舉火，只生吃東西，就是為了不想被我們發現，但是我還是知道他在跟我們。」

我和白素互望了一眼，兩人心意相同，所以她點了點頭，我立時提氣大叫：「跟踪我們的人，現身出來。」

我用漢語叫，用我所會的幾種苗語叫。紅綾立時附和，叫最後的一句：「出來」、「出來」。

兩人一起叫，我估計在一公里的距離之外，都可以聽得到。

當然，那個人要是有心隱藏起來，這樣大叫，並沒有用處，但是至少也可以讓他知道，我們並不是不知道他的存在，也可以警告他別輕舉妄動。

叫了十來聲，那些猴子，在我們的叫聲中，興奮得亂蹦亂跳，可是也沒有結果。

我們照舊前進，一路上，紅綾也發出種種聲音，召喚那兩頭銀猿，可是一點音訊也無。

到了離那個山洞已沒有多遠時，紅綾也很是不安：「靈猴不知發生了甚麼事，牠們應該早已聽到了我的召喚，就算聽不到，也會有別的猴子，聽到了轉告牠們。」

白素問：「以前有沒有出現過這樣的情形？」

紅綾想了一想：「除非他們回山頂去了，不然，他們一定會在我身邊出現。」紅綾口中的「山頂」，我們也到過，那不是步行能到的，要利用直昇機，才能到達。

看到紅綾的神情焦急，我和白素一起安慰她：「不要緊，最多我們回去，再到山頂去找牠們。」

我們曾到過那個山頂，可以肯定，陳大小姐曾在那裡生活過，外星人的宇宙飛船也曾在那裡降落過。而在苗疆盛傳的傳說「靈猴是神仙所養的」，也就是這樣產生的。那兩頭銀色的靈猴，若是回山頂去了，也是大有可能之事。

經過了我們的勸說，紅綾比較開朗了些，可是仍然不免心中感感。

事後，我知白素商討，都覺得紅綾的「第六感」十分強烈，也就是說，她的腦部活動或運作，有著超常的能力。這種能力，很多人都有，但是都處於自己不能控制的狀況，如果可以控制，那就可以發揮超人的能力了。

一直向前走，進入了不久之前，紅綾和白素相會的那個森林，走出那個林子，就可以到達目的地了。

在經過那個林子時，紅綾顯得很心急，不時發出吼聲，同時，也把跟在身邊的猴羣，趕得雞飛狗走。

我和白素，輪流用力握著她的手，肴望可以平息她的焦躁，可是收效不大。

在快出林子的時候，有一排大樹，「古木參天」這樣的形容句子，不是真在那種至少有三十公尺高的古老大樹之前，無法深切體會。

那一排大樹有十來棵，每一棵都有兩三人合抱粗，抬頭向上望去，枝葉繁茂，掩蔽天日，滿眼都是綠蒼蒼的樹影，清幽莫名。

若不是紅綾顯得如此焦躁，我和白素都會好好欣賞這種雄奇的景色。而這時，紅綾的行動更怪了，她急步向前走著，忽然，在那排大樹之前站定，雙手揮動著，喉際發出怪異之極的聲音。

隨著她的怪聲，散開在四周的猴羣，很快地圍攏了來，紅綾在那時，抬頭向上望，神情專注之極。

那時，正是中午時分，陽光雖強，但是能穿透了濃密的樹葉射下來的，也都成了細小的圓點。

紅綾抬頭向上，就有不少陽光形成的小圓點，落在她的臉上。

看情形，她像是想在那棵參天古樹上發現甚麼——那時，幾十頭猴子，也隻隻學著她，仰頭向上。

我心中大是起疑，也抬頭向上，同時，取出了望遠鏡來——白素也取出了望遠鏡，不過她把望遠鏡遞向紅綾。

紅綾仍然仰頭向上，搖了搖頭。我用望遠鏡向上望，要在那麼濃密的枝葉之中發現甚麼，是十分困難的事。看了一會，除了發現不少大大小小的鳥巢之外，並看不到甚麼特別的東西。

可是紅綾的神情，卻愈來愈凝重。陡然之間，她發出了一聲尖叫，至少有十隻猿猴，隨著她的尖叫聲，竄向前去，迅速無比地向那棵大樹攀了上去。

那是一種極擅攀緣的猴子，去勢很快。白素和我，來到了她的身邊，紅綾忽然伸手臂抱住了我們，聲音發顫，道：「我……好怕……」

我和白素，聽得她忽然吐出了這樣三個字來，當真是驚得呆了。

紅綾也會感到害怕。而且是「好怕」。

我一直認為要教會她甚麼是「害怕」會是一件困難之極的事。

可是這時，她真的害怕了。

她身子在發顫，那是感到害怕的自然反應。

她在害怕甚麼呢？我和白素，由於過度震驚，還沒有問出來，那十餘隻早已隱沒在濃密的枝葉之中的猿猴，忽然不約而同，發出了尖叫聲。

雖然只是猴子叫，但是也絕對可以聽得出，那是一下驚叫，是一下悲鳴，在聲音之中，充滿了悲傷、驚駭、恐懼和憤怒。

那叫聲令我們震動，但更令我們震動的是，在我們身邊的紅綾，竟然立即發出了一下一模一樣的尖叫聲，同時，立刻向那棵大樹，飛撲而去。

其他的猿猴，也如同末日將臨一樣，亂蹦亂跳，發出種種可怕之極的叫聲。

一時之間，場面之混亂，無與倫比。

一看到紅綾向那棵大樹撲去，我和白素，驚上加驚，也不由自主，各自發出一下大叫聲——我在這種情形下大叫，那是理所當然，連白素也會大叫，可知事情實在非同小可。

我們一面叫，一面也向前飛撲而出——因為我們都知道，在那棵大樹上，一定有極可怕的事發生了，上了樹的猿猴，發出的那下慘叫聲，我和白素只知有可怕的事發生，猴羣和紅綾，卻必然可知詳細的內容。

那麼，紅綾撲向前，目的很是明顯：她要上樹。

那樣的參天古樹，連猴子要上去，也不是容易的事，剛才紅綾就只召喚擅於上樹的猿猴上樹去。以她女野人的身手，我並不懷疑她上樹的能力。可是如今，她畢竟已不是女野人了。

她的手指甲和腳指甲，都不再銳利——那對上樹大有用處，她的身上，也沒有了濃密的長毛遮蔽保護，要上那樣的大樹，是很危險的事。所以，我和白素都是一樣的心思：阻止她。

她在前，我們在後，相差也只不過是五六公尺，但是速度一樣那麼快，我們也就沒有可能抓到她。等我們來到樹前，她已手足並用，向上升高了有六七公尺了。

就在這時，眾猴也撲了上來，圍住那棵樹亂叫亂跳，也有的猴子，也開始向樹上爬。

在樹上，忽然，又是十幾隻猴子的齊聲慘叫。若是說第一下驚叫，聽了叫人心驚肉跳，那麼，這第二下叫聲更甚，簡直叫人心膽俱裂。

發出叫聲的猴子，一定是悲傷之極，那是真正撕心裂肺的慘叫，慘不忍聞，使聽到的人，全身發顫。

這樣的形容，並不誇張，因為正在向上攀去的紅綾，在這一下叫聲之後，竟然手腳一鬆，自上面直跌了下來，而且，是扎手扎腳摔了下來，一點應變的動作都沒有。

我和白素駭然之至，一起伸手出去，幸而不是很高，下墮的勢子還不是太急，不然，紅綾的身子如此長大，就算接住了，我和白素的手臂，也非斷折不可。

一家人高高興興地「遠足」，忽然之間，會發生這樣的變化，當真是意外之極。

扶住了紅綾，看到她雙眼向上翻，面色了白，氣息急促，伸手指向上，發出古怪之極的聲響，雖不至出氣多入氣少，但是情形也差到了極點。

我們都看出她已全然喪失了正常的說話能力，所以也根本不問她究竟發生了甚麼事，各自伸指，在她的「太陽穴」上，輕輕彈了幾下，白素又去捏她的「人中」。

那時，混亂的情形並沒有改善，和紅綾一起上樹的猴子，也紛紛翻跳了下來。

紅綾掙扎著，還想上樹，我和白素按住了她，她伸手指著樹上，我們一起抬頭看去，只見樹幹上再無別的猿猴，卻有四隻第一批上樹的猿猴，正在迅速下來，一下子落了地，在紅綾面前搔首撓腮，看來像是有滾油淋在牠們的身上一樣。

紅綾在那時，氣息粗大，滿臉都是豆大的汗珠，仍然抬頭看著樹上。

在濃密的枝葉之中，又出現了第一批上樹的猿猴——那種猿猴的毛色是深棕色的，成羣下來，其中卻夾有兩隻銀光閃閃的銀猿，這種銀白的猿猴，獨一無二，正是紅綾的那兩隻。

我一看到，心中先是罵了一句：「躲在樹上，搗甚麼鬼。」可是我身邊的白素，陡然發出了一下抽噎聲，我也陡然一下子被冰水淋了一身一樣，遍體生寒。

兩頭銀猿不是自己下來，而是被羣猴擁著下來的。而且，牠們一動不動，伏在別的猿猴身上，軟綿綿地，看來情形大是不妙，凶多吉少，不死也是重傷。

一想起良辰美景只不過摸了一下銀猿的頭，紅綾就和她們翻臉，想起紅綾是如何保護銀猿不受到侵犯，難怪她這時的震驚激動，如此之甚了。

這時，自紅綾的喉際，有可怕聲音發出來，白素在她的耳際大聲道：「堅強。所有生物，都有死亡。」

白素比我看得清楚，她已經看出，那兩頭銀猿，已經死了。

白素神情肅穆：「既有生，必有死。」

紅綾轉頭，向白素望來，她的雙眼之中，充滿了淚水，她的神情惶惑，她在問：「為甚麼?為甚麼?」

紅綾顯然不是很明白，淚水已疾湧而出。

我們自然可以明白紅綾和那兩頭銀猿之間的感情，她在大自然中成長，那兩頭銀猿，是她的親人，和她之間的親情，還在我和白素之上。

這時，猿猴已把銀猿負下了樹來，紅綾一挺身，向前走去，負下來的兩頭銀猿，被放在地上，紅綾站在牠們的面前。先是一動不動，接著，她用十分嘶啞的聲音叫：「爸媽，你們來看。」

我和白素明知紅綾的心中悲痛之極，正不知道該如何安慰她才好，聽得她叫，自然急急走了過去，這才看清了那兩頭銀猿的屍體。

一看之下，我和白素都不禁發出了「啊」地一下驚呼聲，明白了紅綾要我們來看甚麼。

兩頭銀猿的銀光閃閃的長毛之中，都染有血跡，血已乾了，形成奪目的赭紅色，而血是自幾個小孔中流出來的，小孔在胸口、頭部、腰部和腹部。

紅綾看不明白那些小孔是由甚麼造成的——若是甚麼蛇蟲猛獸咬的，她一定一眼就可以看出來，所以才叫我們來看。

我們一看就可以看出，那是鎗械的子彈孔。

從小孔的大小，我甚至可以判斷鎗械的型號，那是一種新式的半自動步鎗。

兩頭銀猿不是死於自然，而是被新型武器射殺的。

這當真是意外之極，我和白素，一時之間，僵呆著不知該如何才好。

紅綾在追問：「牠們是被甚麼咬死的：那咬死牠的東西，怎麼只有一隻牙齒？」

由於子彈孔散在身體各處，距離相當遠，紅綾一心以為牠們是被「咬」死的——

那一剎間，我們為難之至——告訴她真相，她會更激動憤怒。用新型武器殺人，這種行為，在她的認識中，還不是十分成熟。

但如不告訴她真相，她日後必然知道我們曾在她最悲傷的時候欺騙過她。

白素立刻以眼神示意，表示不必實說，我則近乎本能地反對，因為我一直主張對孩子實話實說，而且瞞得了一時，瞞不過一世，於事無補。

白素低歎了一聲，沒有再堅持她的意見，所以我道：「女兒，牠們不是被甚麼東西咬死，是給鎗彈射死的。」

紅綾陡然震動了一下——她會感到震撼，那在我們的意料之中，但是她竟然很鎮定，這卻出乎我們的意料之外。她一開口，就問：「只有人會用鎗？只有……文明人才會用鎗？苗人不會用？」

我道：「苗人也會用，但苗人對靈猴十分尊敬，不會殺牠們。」

（七）前有兇徒後有跟蹤

在這時候，我心中已想了千百遍：究竟是誰對兩頭銀猿下了毒手的？銀猿的身手如此矯捷，要射殺牠們，也不是容易的事。

當然，這種半自動步鎗的射程相當遠，若是出其不意地掃射，銀猿自然難有倖理。

會是獵人？甚麼獵人會有那樣的武器？

那麼，是不是遇上了巡邏的軍隊？這一帶雖然荒僻之至，但偶然有軍隊巡到，也不是沒有可能的事。

紅綾在靜了一會之後，忽然吼叫了三聲，大聲問：「誰做的？為甚麼要這樣做？」

她在這樣問的時候，望著我們，那種咬牙切齒的樣子，看了很令人害怕——她的觀念之中，並沒有「報仇」這個概念，但是在悲痛之餘，自然也會憤怒，這是人類感情的必然步驟。

我道：「現在還不知道，但一定會查出來——牠們不可能在樹上中鎗，難道是中了鎗之後再上樹的？」

紅綾出乎意外地鎮定：「她們是靈猴，死也死得不一樣，牠們那麼可愛，為甚麼要殺死牠們呢？」

紅綾有了這樣的疑問，那可能是她人生痛苦一面的開始了。

我向白素望去，她緩緩搖了搖頭，表示一時之間，也不知道是甚麼人下的手，她問紅綾道：「我可以仔細檢查一下牠們，那對於找出是甚麼人殺死牠們，有很大的幫助。」

紅綾呆了片刻，才點了點頭，我補充道：「需要把牠們體內的子彈取出來。」

紅綾歎了一聲：「隨便吧，牠們已經死了。」

她說了之後，走開了幾步，在一個樹椿上坐了下來，托起一竹筒酒，大口喝著，幾十隻猴子圍在她的身邊，這時卻是一點聲音也沒有，大都垂頭喪氣——這是我第一次看到猴類集體表示悲哀，也算是奇觀。

我和白素蹲下身，察看銀猿的屍體，每一頭都各有兩三鎗射中了致命的所在。在身體那麼重要的部位中了鎗，還能上那麼高的樹，死在樹上，維持了死亡的尊嚴，這類猿猴被尊稱為靈猴，實在大有道理。

白素把牠們頭上的長毛撥開，很明顯，牠們的頭部，有過頭蓋骨被切開過的痕跡。我點了點頭：「不知道外星人是不是有甚麼東西植入牠們的腦部。」

白素壓低了聲音：「我可無法提出要把牠們的頭割下來去解剖。」

我歎了一聲，當然不能這樣提出——在紅綾如此悲傷的時候，不能使牠更難過。通常小孩子死了寵物，尚且會傷心不已，何況她對那兩頭銀猿，大有親情。

我取出了小刀，在猿屍上，各挖出了一顆子彈，果然是半自動步鎗的子彈，又細又長，在造型上，堪稱美麗悅目，但是作用卻在更方便奪走生命。

白素沉聲道：「先把牠們埋了再說。」

我來到紅綾的身邊，紅綾已喝完了那筒酒，她抬頭向我望來，我發現她的神情，固然悲傷，但是也充滿了疑惑——顯然她心中一直在問「為甚麼」，這是不是可以算是她真正成熟的開始？

我攤開手，把兩顆子彈遞向她，她拿了起來，稚氣地放在口中咬了咬。我道：「就是這種子彈，殺死了靈猴。」

紅綾問了出來：「為甚麼？」

我據實回答：「不知道，人類不但格殺其他的生物，而且同類殘殺，過程慘烈，歷史──有機會，我會給你說說人類的歷史。」

紅綾卻不埋會我的解說，又問：「為甚麼？」

我長歎一聲：「沒有人知道為甚麼。」

紅綾鍥而不捨：「一定是有答案的，是不是？」

白素也走了過來：「或許是，但至少到如今為止，沒有人知道為甚麼在沒有目的情形下，也會有殺戮──尤其是人類互相間的殘殺。」

紅綾揚起眉：「沒有人知道為甚麼？那麼說，人不是蠢笨得很嗎？」

對紅綾的這個問題，我和白素都覺得難以回答。因為自從教她識字，教她講話以來，我們一直在向她灌輸知識的重要性，告訴她人類是有文明的生物，要她分辨人和猿猴的不同之處。

如果這時，回答她人真是很蠢笨的，那不是自相矛盾、前功盡棄了？

但若是迴避這個問題，也不是辦法，白素在想了一想之後，道：「是的，有些人，很多人，確然十分蠢。」

紅綾揚起手中的子彈：「像造出這種東西的人，就很蠢笨？」

我道：「是，蠢笨，這種笨人他們只知道製造死亡，比猿猴還要笨，他們的存在，只為製造災禍。」

紅綾現出了一個苦澀的笑容來，搖了搖頭，又低聲問了一句：「為甚麼？」

這一次，我和白素都沒有回答。白素道：「把牠們掩埋了吧。」

出乎意料之外，紅綾竟然道：「媽，你不是一直想把牠們的頭打開來看看？現在牠們死了，是不是還想？」

白素忙道：「如果你不願意——」

紅綾緩緩搖頭：「牠們……死了。」

白素把她摟在懷裡，我低聲道：「如果你想哭，不妨放聲痛哭。」

紅綾的行事，在在都出人意表，她聽得我這樣說，很奇怪地望向我：「大哭？我為甚麼要哭？」

我道：「人在悲傷的時候，就用哭來表達。」

紅綾十分認真地想了一想：「我很悲傷，但是我不想哭，我只想知道是誰做的，為甚麼要做。」

她在這樣講的時候，神情肅穆。我和白素互望了一眼，心頭都感到了一陣寒意。我們都不想在這個題目上再說下去，理由很簡單，紅綾只想知道是甚麼人殺了靈猴的，她是不是由此有了仇恨之心，想到了要報仇呢？

那是很可怕的一件事。

人遭到了不幸，有了仇恨，要報仇，似乎是很自然的事。但我們絕不想紅綾有任何仇恨心——她本來絕不會有的，但由於靈猴的死，就有可能產生。

雖然，她只要在文明世界中生活下去，遲早會發生一些事，使她產生仇恨的情緒，產生報仇的心理，甚或行動，但這種情形，總是遲來一刻好一刻——

等她有足夠成熟的時候才出現，她就會適當處理。

在如今的情形下就出現了這種情形，總不是很適合的。如今，她可以有報仇的力量，可是沒有足夠的力量去判斷自己的行為。

我很小心地道：「我們會努力找出答案來——」我立時轉換了話題，「如果你不反對，那麼，可以把牠們帶回去研究。」

紅綾又緩緩搖了搖頭，神情沉思——很少在她的身上，看到這種情形。接著，她又站了起來，慢慢地走向靈猴的屍體，蹲了下來。那一大羣猴子也跟著她。我和白素先走了過去。只見她伸手在屍身上撫摸著，用力捏著，又抬頭看了看天，喃喃自語，過了一會，向我們望來，大聲道：「是兩天之前的事。」

我先是一怔，接著，立刻知道，紅綾是在說，銀猿被殺，是兩天之前的事。

我和白素，剛才在檢查的時候，自然也從血液的凝固狀態，和屍身的僵硬程度上看出，銀猿被槍殺，已超過二十四小時，但是不如紅綾說得那麼肯定，她說，是兩天之前的事。

斷定死者的死亡時間，在謀殺案之中，是很重要的一環，往往可以循此線索破案。而那是屬於法醫學的範圍，是相當高深的學問，還需要配合精密的解剖。

自然，也有經驗豐富的法醫，可以憑肉眼判斷死亡的時間——配合溫度、屍斑的出現等等來下結論。不過紅綾可從來未曾接受過這方面的訓練，她說那是兩天前發生的事，根據何在？

我這樣想著，就難免有疑惑的神情。白素低聲道：「她自小獵食動物，自然對動物的死亡有認識。」

白素的解釋很合理，我點了點頭，表示理解。紅綾又伏了下去，在其中一頭銀猿的一個槍孔上，用力嗅著。又示意，叫幾頭體型相當小的猴子，也去嗅聞。然後，她站了起來，那幾頭小猴子，動作飛快，也一下子散了開去，四下亂竄。

不一會，有一頭小猴子，在約莫三十公尺外，發出了尖厲失常的叫聲。

紅綾立刻向那頭小猴奔去，並且同時向我們作手勢，示意我們也過去。到了近前，那地方是一個灌木叢，那種灌木，結一種黃色的果子，有一片灌木叢有被壓到過的痕跡，在灌木中，也有血跡。

紅綾指著血跡：「牠們是在這裡被殺的。」

這時，我和白素，對紅綾有那麼高強的偵查能力，都驚詫不已。

自然，後來我們只要略想一想，就可以明白她這種能力的由來。她曾是女野人，這一切，正是她以前生活的一部分，是她自小在生活之中養成的本領，再自然不過。

白素走近去，走不幾步，她就吸了一口氣，視線盯在地上，我也吸了一口氣，因為我也看到了，在那裡，有被踐踏過的草，也有一兩個很是清晰的腳印留在泥地上——應該說是鞋印，一看便知，那是一種適合野外活動所穿著的靴子的印，也或者是一種軍靴的印。

從靴印來判斷，只是一個人，並不是我曾設想過的巡邏隊。

剛才，由於事情發生得實在太突然，我們都不及細想，把一切注意力都集中在紅綾的身上，唯恐她因為這可怕的打擊而失常。

對我和白素來説，那真是緊張之極的一刻，因為我們都不知道紅綾若忽然大失常態起來，我們該如何應付。

可是事態的發展，卻出乎意料，紅綾雖然悲傷，可是遠比我們設想來得鎮定，她還能忍著悲痛，作出偵查，可知她很正常。

那使我們放下心來，才能再去想及其他。我首先想到的是：我們，包括我，白素和紅綾，以及跟著我們的那羣猴子，都在極危險的境地之中。

那個穿軍靴，持半自動步槍的人，兩天之前，在這裡槍殺了兩頭銀猿，現在，他在哪裡？

這個兇徒手中持有極有效的殺人武器，射程可以達到一公里，如果加上配件，殺傷力可以更強大，他若是還在附近，對我們的生命，是嚴重的威脅。

更令人心悸的是，我們在明，他在暗，完全無法加以提防。

一想到這一點，我立時道：「那兇徒，可能還在附近，要迫他現身。」

紅綾應聲道：「我早説了，有人跟著我們。」

她這樣講，意思自然是說，連日來，那個跟蹤者，就是殺銀猿的兇徒。

她有很強的偵察能力，但那只是她生活的本能，真正要作縝密的推理，她就有點粗糙。白素立即指出：「不是同一個人——跟蹤者一直在我們後面，這個兇徒，在我們的前面。」

紅綾抬高頭：「他可以趕過我們，行了兇，再回到我們後面跟著。」

白素很認真：「有這個可能，但如果跟蹤者一直穿著靴子，也早叫你發現了。」

紅綾又想了一想，點頭：「是，是兩個人，兇徒在我們前面，跟蹤者在後面。」

很複雜的一種情形，但是她很快就條理分明地弄明白了，可知她的領悟力很高。

白素又道：「這種靴子，雖然說為了適合野外生活而製造，但是那種所謂『野外生活』，並不是苗疆的環境。」

紅綾點頭：「我以前就根本不知道甚麼叫靴子。」

白素下了結論：「所以可以肯定，那個兇徒，並不習慣苗疆生活，是一個外來者。」

紅綾側頭想了一會，學著她母親的口吻：「所以可以肯定，那跟蹤者習慣苗疆生活，是個苗人。」

雖然處境兇險，心情沉重，但是還是被紅綾的神態動作，逗得笑了起來。妙的是紅綾竟不知道我們為甚麼要笑，問：「我說得不對嗎？」

我們連聲道：「對。對。對很很。」

紅綾又道：「所以，要找出那個跟蹤者難，要找出那個兇徒，不難。」

對於紅綾這樣的分析，我和白素，都自然而然，鼓起掌來——確然，一個人不論他多能幹，如果他不熟悉苗疆環境的話，在這裡活動，總難免縛手縛腳，要把他找出來，就不是甚麼難事。

我加了一句：「別忘了兇徒手中有可怕的武器。」

紅綾道：「我叫羣猴散開去，去找兇徒，一有發現，就向我報告。」

我笑道：「妙絕，兇徒環境不熟，猿猴土生土長，反倒可以佔上風。」

紅綾向著猴羣，發出了一連串的號令——這時，我們自然再不懷疑她有和猿猴的溝通能力了。

她留下了兩頭體型較大的猿猴，背負了銀猿的屍體，問我們：「是先送回藍家峒去，還是跟著我們？」

白素想了一想：「跟著我們，因為牠們關係重大，若是失去了，再難尋找。」

我也同意白素的處置方法，我道：「我們得趕快到那山洞去，在山洞之中，至少可以防止有冷鎗。」

白素點了點頭，我們再向前趕路，這次卻加快了腳步，原來輕鬆的心情，已一掃而空了。

我們一面前進，一面保持著極度的驚惕，紅綾也深知事態嚴重，所以真正地眼觀四路，耳聽八方。

她感覺之靈敏，也直到這時，我們算是開了眼界——在二三十公尺的範圍之內，簡直沒有任何異動可以逃得過她的注意。

有好幾次，她一下子撲出三五公尺去，自草叢中竄出來的，甚至只是一隻小田鼠。

到了中午時分，已接近那個山洞了。在山洞口，本來有一所十分簡陋的草棚，可是望過去，草棚卻已倒塌，我一看到這種情形，忙囑咐各人，在一棵大樹後先隱蔽起來，然後取出望遠鏡向前看。草棚顯然新倒不久，因為斷折的樹枝，斷口痕跡很新。

我沉聲道：「有人先一步進了山洞。」

白素道：「真怪，這山洞所在處那麼隱蔽，怎麼會有人找得到？」

一路前來，由於要小心提防，有一個重要的問題，無暇討論。

這個問題是：兇徒是何等樣人？到苗疆來的目的是甚麼？明白了這些，要防備他或是對付他，自然容易得多。

可惜，一點頭緒也沒有——我向白素看去，看到她一臉的疑惑，顯然也沒有頭緒。

對於我「有人比我們早進了山洞」的判斷，白素和紅綾都同意。

紅綾身形一晃，待衝向前去：「我去引他出來。」

對於自己的女兒，行事衝動，我和白素早已有充分的了解，所以她身形才動，我們已一起出手，一邊一個，將她拉住，同時，也沒有說甚麼，只是對她怒目而視，替代責備。

紅綾的神情還有點不服，我就用最簡單的方法，向她解釋對方手中武器的威力，聽得她默然無語。我們由於根本想不到在苗疆會有手持現代化武器的敵人，所以根本沒有相應的武器可以對抗。

雖然我們各自都有極好的身手，但若論行動快捷，誰也比不上那兩頭銀猿，而銀猿又遠比不上子彈。

我和白素互望了一眼，都是一樣的心思——本來，在如今這種情形下，最好，是派身邊的猿猴，前去山洞，探個究竟。

但是，我們卻也知道，萬萬不能有此提議，因為在紅綾的心目之中，人和猿猴並沒有分別，怎麼可以因為有危險，人不能去，就叫猴子去冒險。

如果我們作此提議，那麼，必然輪到她向我們怒目相向了。

想了一會，我順手拈起一塊拳頭大小的石塊來，問紅綾：「你能拋出多遠？」

我說的時候，伸手向山洞指了一指，意思是問她能不能把石塊拋進山洞去——我們躲身的樹後，離那山洞，約有三十公尺。

那石塊，本來我也不能順手就拾到，而是白素在最短時間內，迅速拾來的，她的用意很明顯，若有人自山洞出來，我們至少也可以有石頭作武器。

紅綾看了一下，搖了搖頭，卻伸手向上指了指：「削一根適當的樹枝，我可以把樹枝拋進山洞去。」

我伸手在自己頭上拍打了一下：我竟沒有想到這一點，標槍是田徑運動中可以拋得最遠的物體。

我點了點頭，紅綾迅速上樹，不一會，就帶著一根手臂粗細，約有兩公尺長的樹枝下來，運刀如飛，把樹枝的一端削光，拿在手中掂了掂，站了起來。

有趣的是，她當然未曾在運動場上擲過標槍，可是那身形、手勢，卻幾乎合標準，那當然是她在實際生活經驗中得到的知識——用這樣的姿態，可以使樹枝飛出最遠。

我立時抓了兩塊石頭在手，白素在這時忽然道：「等一等。」

紅綾手臂向下略沉，等候白素進一步的吩咐。白素道：「如果有人在山洞中，把他引了出來，我們準備如何對付他。」

我想了一想，揚了揚手：「拿石頭扔他。」

紅綾「啊」地一聲：「我要削多一根樹枝，他一出來，就可以射他。」

白素歎了一聲：「我們不知道他是甚麼人，只知道他有武器，殺了兩頭靈猴。所以我們就自然而然，把他當成了敵人——。」

她說到這裡，紅綾搶著想說話，可是被白素作手勢止住。白素又道：「假設那是一個探險家，他根本不知道靈猴和人的關係，由於不明白的原因，殺死了靈猴，是不是他一出山洞，就要受到攻擊？」

我明白白素的意思，是怕誤傷了無辜，確然，山林之中，有的是各種猿猴，不明究裡的人，怎麼也想不到靈猴有那麼大的來歷。

可是，那人的手上有如此威力強大的武器，要是我們不先發制人，可能會吃大虧。

我望向白素，她道：「我們明人不作暗事。」

白素一句話提醒了我，我作了一個手勢，令紅綾退到樹後，暫時不要拋樹枝出去，我對著山洞，氣納丹田，朗聲道：「朋友，我們不知道你是甚麼人，你殺的那兩頭猿猴，是我們的好朋友，地位和人一樣。你或許是出於無知，我們也可以原諒。如果你在山洞裡，拋出你的武器走出來。」

這一番話，把我們的意思，說得再明白不過，我連說了三遍。

可是等了一會，一點反應也沒有。

我可以肯定，只要山洞中有人，而聽覺又正常的話，一定可以把我的話，聽得清清楚楚。所以我道：「山洞裡沒有人。」

白素道：「那是可能之一。」

紅綾居然聽懂了：「可能之二是，他躲在山洞中不出聲，讓我們以為山洞中沒有人。」

我伸手在紅綾的頭上拍了一下，表示嘉許。

（八）痛苦深淵中練成了絕世本領

如果是「可能之二」，那麼這個人，肯定是敵非友，他要我們誤以為山洞中沒有人，目的當然是引我們進來，可以對付我們。

目前的情形，很令人為難——我們不能肯定山洞中有沒有人，就不能貿然前去察看。在這樣的情形下，紅綾就算把樹枝拋進山洞去，也沒有用處。山洞很大，裡面的人可以騰挪趨避，他要不出聲，不出來，我們還是沒有辦法。

照目前的情形來看，只能僵持下去，但自然也不是辦法。我沉聲道：「火。」

拋火把進山洞去，如果山洞內有人，那一定會把人薰出來。

白素卻搖頭：「不，山洞中有烈火女的骸骨，說不定我們要找的外星人的物件也在其中，會被火損毀。」

紅綾焦躁起來：「我進洞去看個究竟。」

我們仍以怒目相向否決了她的提議。

正在我們想不出辦法時，事情突然又有了意外之極的變化，只見一團不知是甚麼東西，以極高的速度，斜刺裡在長草叢中，疾竄了出來，行動快到了極點，眼前一花，連那是甚麼東西都沒有看清，足有三十公尺的距離，那東西已進了山洞之中。

這一下變故，當真是意外之極。更意外的是，那一團迅速移動的是甚麼東西，都沒有看清楚。

一樣東西，能以那麼高的速度移動，當然是動物，或至少是由動物控制的甚麼東西。可是剛才那一瞥之間，我們看到的那東西，卻像是一個小土丘——一個長著一簇不知名植物，有枝有葉有花的植物的小土丘。

一個小土丘，怎麼會以那樣的高速，一下子就飛進了那山洞中去了？

一時之間，我們一家三口，面面相覷，一句話也說不出來。

最先開口的，竟然是紅綾，她「噓」地吸了一口氣：「剛才那……是甚麼東西？那……就是……爸常說的……外星人？」

我常說外星人可以是任何形狀，這種話紅綾聽得多了，所以這時就如此問。

我不知該如何反應才好，因為外星人雖然可以是任何形狀，但也很難接受是剛才看到的那模樣。

白素對紅綾的問題，倒有了答案：「那是一個人，一個偽裝得很好，身手極高的人。」

紅綾「啊」地一聲：「良辰美景到了？」

她一下子就想到了良辰美景，那很容易理解。因為剛才那物體移動的速度極高，而白素又說那是人，能移動得那麼快的人，自然是良辰美景了。

白素搖頭：「不，不是她們，若是良辰美景，不必偽裝得那麼好，一直跟著我們。」

在白素提到「偽裝」時，我已經想到這一點了——那個人就是我們一直在尋找的跟踪者。那人竟把自己扮成了一個小土丘。

像那樣的小土丘，到處都是，誰也不會注意，我們可能都曾站在這小丘上而四面眺望過，而不知腳下有人，正在近距離窺伺我們。

一想到這一點，心中登時有了極不舒服的感覺，可是問題接著紛至沓來：

這人跟蹤我們，目的不明。只能說，他如有惡意，我們防不勝防。

這時，他暴露了自己，掠進了那山洞去，又是所為何來？

這人的行為，直是古怪神秘之極。

我一面心念電轉，一面仍回應著白素的話：「這人身法之快，看來還在良辰美景之上。」

世上竟然還有比良辰美景輕功更好的人，這也有點不可思議了。

白素的眉心打結，壓低了聲音：「真怪。」

每當白素有這個神情的時候，總是她心中想到了一些事，解開了一些結的時候，但這時，我卻不知道她想到了甚麼。

我向她望去，她已低聲在對紅綾說：「如果我估計不錯，而又沒有意外，那人很快就會從山洞中出來，你設法把他攔下來。」

紅綾一聽，大是興奮，身子挺立了一下，我連忙又把她拉了下來——為了提防有自動步槍的人，我們一直在大樹後，半矮著身子。我們沒有武器可以反抗，唯有用最好的方法掩護自己。

所以，我聽得白素竟然吩咐紅綾去做這樣的事，大是意外。而紅綾由於有事可做，又知道了剛才撲進山洞去的那人，大有可能就是連日來她用盡心機也找不出來的跟蹤者，當然大是興奮。

白素看出了我的緊張，伸手拍了我一下，示意我放心，而被我拉下來的紅綾，身子一挺，又站了起來，手中持著那根削尖了的樹枝，身子傾向前，像是一頭蓄滿了勁力，伺機一撲的獵豹。

我也大是緊張，雙手各抓了一塊石頭在手，三個人之中，只有白素，仍然是那麼自若。

大約只等了兩分鐘左右，那一團物體——一個上面長著花草灌木的小土丘，帶起一股勁風，又從洞口，向外疾掠而出。

就在洞口有物體閃動之際，紅綾已發出了一下驚天動地的呼叫聲，整個人如箭離弦，向前撲了出去。

她向前撲，那「土丘」向外掠，雙方的勢子都快絕，距離又不是太遠，眼看就要撞上了。

我一顆心，像是懸在半空之中一樣——說那「土丘」之下是一個輕功絕頂的人，那畢竟只是我們的猜測，誰知道那究竟會是甚麼怪物，紅綾與之一撞之下，會有甚麼樣的結果，誰也不能逆料。

本來，白素已給我吃了「定心丸」，我不應該如此害怕，但紅綾是我的女兒，關心則亂，若不是白素拉住了我，我也早疾衝出去了。

雖然我未能衝出去，但白素沒有掩住我的口，所以我還是大叫了一聲。

就在這一聲大叫中，眼看非迎面相撞的紅綾和「土丘」，忽然又起了變化。

只見那「土丘」陡然平空拔高了兩公尺，「呼」地一聲，就在紅綾的頭上掠了過去。

也就在雙方一高一下相錯而過的那至多只有百分之一秒的時間中，紅綾又大叫一聲，手中削尖的樹枝，自下而上，向「土丘」的底部，疾刺而出。

假設那「土丘」是人的偽裝，那麼，「土丘」的底部自然是空的，可以看到藏在「土丘」中的人，紅綾那一下攻擊，在時間上，拿揑得恰到好處，尤其是在這樣突如其來的變化之中，能發出這樣閃電般的一擊，真值得喝采。

（上海人有一句話：「癩痢頭兒子自己好。」）

那一刺，是雙方在一上一下交錯而過時刺出的，樹枝刺進了「土丘」之中，紅綾的身子，已和「土丘」交錯而過，只見「土丘」底下，忽然伸出了一隻手來，抓住了樹枝，可是才一抓住，立刻又鬆開。

剎那之間，手縮了回去，「土丘」和紅綾也已分開，雙雙落地。

紅綾才一落地，用樹枝在地上一點，人已倒翻了過來，一面大叫道：「我看到你了。」

那「土丘」在一落地之後，卻又向上疾彈了起來，勢子快絕，彈起落下，已在十公尺開外，再一落地，再彈起，又遠了十公尺，到這時候，紅綾才能蓄勢起步去追，自然是追不上了。

白素忙叫：「不必追，夠了。」

那時，我和白素，都從那大樹後走了出來，由於剛才發生的事，太驚心動魄，所以我一時之間，也顧不得防範山洞中的「半自動步鎗」了。

那時，「土丘」早已看不見了，紅綾叫著：「我看到了那人，真是一個人，藏在那個罩子裡。」

她把那個空心的「土丘」稱為「罩子」，倒也適合。我不知道那「土丘」是用甚麼材料製成的，就算它很輕，要帶著它而可以移動得如此之快，若不是親眼所見，由他人來轉述，也不易相信。

而且，人要作那樣高速的行動，身體四肢，都需要大幅度的擺動，那「土丘」的大小，至多只能夠使藏在其中的人彎著身子，他是如何能在身子蜷縮的情形下作高速運動的，當真難以想像之至。

我一面想著，一面又驚告：「小心。躲回大樹後面去。」

白素搖頭：「沒有必要，山洞中沒有人，不會有危險。」

我呆了一呆，白素補充：「剛才那人，已替我們去探察過了。」

一聽得白素那樣說，我立即明白了她的全部推想，也明白她何以會要紅綾把那「土丘」攔下來了。

白素的推斷是：那藏在「土丘」中的人，一直近距離跟著我們，我們找不到他，他行動詭秘，可是卻沒有惡意，因為這幾天來，我們並沒有遭到任何暗算。

由於那人離我們近，所以我們的一舉一動，他都知道，甚至於我們所說的話，他也可以聽到（真可惡），他完全知道我們要做甚麼。

白素的推斷，更進一步認為，這人不但沒有惡意，而且對我們有好意——當我們為難，不知該如何去決定持半自動步鎗的人是不是在山洞中時，他不惜暴露自己，衝進山洞去，再掠出來，向我們表示山洞中沒有人。

白素的推斷雖然有點怪，但一切事實的發展，又確然如此。那人一伸手，已抓住了紅綾刺出的樹枝，可是立刻又鬆手，並沒有把樹枝奪過去，也沒有為難紅綾，可知他絕無惡意。

這當真是怪之極矣，怎麼會有這樣的一個人在苗疆和我們在一起，這一下「嚇」走了他，他還會不會再出現？

紅綾現出沮喪的神情：「我沒有把那人攔住。」

白素道：「你已看清確是一個人，已經很成功了。」

紅綾高興起來：「那人的……手好可怕。」

那人是甚麼樣子的，我還沒有問，紅綾先說他的手「可怕」——這一點，我也有同感，在他伸手抓住那樹枝時，我和白素，都見過那人的手。

紅綾說那手「可怕」，確然如此。若不是有五隻手指，又曾見那五隻手指靈活地抓住了樹枝的尖端，再鬆開，就很難想像那是一隻人手。因為在那隻手的手背上，全是各種各樣傷痕結成的疤，有的可能還是疤上加疤，所以猶如生滿了瘤。

而且，膚色黝黑，五隻手指又粗又短，好像，一樣長短，古怪之至。

紅綾自己的手，自然也不是屬於細滑白膩的那一種，而是粗糙巨大，可是比起那隻手來，卻好得多了。

那隻手在一伸一縮之間，給我的印象也十分深刻——我倒不是感到它可怕，而是第一時間想到，只有這樣的手，才能在崇山峻嶺之上對付豺狼虎豹，才能在原始森林之中對付毒蛇猛獸，那人的行動如此之快，如果是輕功的話，那麼如此醜陋的一隻手，也有可能是甚麼奇門武術的結果。

一想到這一點，我心中陡然一動，抬頭向白素望去，沒頭沒腦地問了句：

「你看這人練的是甚麼掌法？」

別人或許會不懂我這樣問是甚麼意思，白素自然懂，她立即道：「像是鐵砂掌一類，或許是藍砂掌、紅砂掌，那是經過苦練的結果。」

我歎了一聲：「這種武術，在練的時候，身體要經歷可怕的痛苦，真想不到現在還會有人去練這種功夫。」

白素閒閒地道：「或許練的人，正想藉身體上的痛苦，去減輕心靈上的痛苦。」

白素的話，才一入耳，我陡然之間，發出了一下怪叫聲，整個人直跳了起來。

自從我問了那個問題之後，我和白素之間的對話，紅綾就不是很明白，她只是睜大了眼，望望我，又望望白素。她再也想不到，我和白素好端端地在說著話，忽然之間，我會有如此強烈的反應。她竟然也跟著我大叫了一聲，也跳了起來。

我反手握住了紅綾的手，示意她沒有事，要她別吃驚，一面我指住了白素，張大了口，卻發不出聲音來。白素很肯定地點頭；「是他。」

白素一說了那句話，我就想到了何先達。

何先達在酒後冒犯了陳二小姐之後，第二天陳二小姐失蹤，自此他就由於內疚，後悔而跌進了痛苦的深淵之中。他精神上由於自責而感受到的苦痛，相信在現代人之中，很少有這樣的例子了。

何先達出身哥老會——這一點很重要，江湖幫會很重義氣，侵犯朋友或上司或弟兄的女眷，那是十惡不赦的死罪，腦袋落地之後，還要為人不齒。而陳二小姐是何先達上司三堂主的夫人——雖然三堂主已經過了世，但是名份還在的。

自然，如此深切的自責，和何先達這個人的性格，也有很大的關係。可以想像，他心中一直對陳二小姐仰慕之至，但也一直把自己的感情，深深埋在心底。若是沒有那一夜的狂亂，他毫無疑問，可以為陳二小姐做任何事。在他的心目中，陳二小姐如天仙，他會盡一切力量去保護她。一切都是純潔和美好的。

可是一夜之間，卻改變了一切——他犯了這樣的錯誤，而且再也無法補救。

在那種情形下，對何先達這個人來說，身體上的任何痛苦，都絕算不上甚麼了。

白素自然是早已料到了在那空心土丘之中的人是何先達，所以才那樣說的。

這其間包括的事情，複雜無比，有些紅綾明白，有些紅綾不明白，她拉著我的手問：「是誰？媽說那人是誰？」

我吸了一口氣：「估計是……藍絲的爸爸。」

紅綾並沒有那麼多的感慨，聽了之後，又是意外，又是高興：「咦，不是人人都在找他嗎？他為甚麼扮成了一個小土堆跟著我們，真古怪，又有趣。」

我問：「他在你頭上掠過去的時候，你看到了他，是怎麼樣的情形？」

我的意思是，那「土丘」並不大，老大一個人，怎麼可以藏在裡面呢？

紅綾興致昂然，伸出手臂，又岔開腿：「就這樣撐在那罩子裡。」

我和白素駭然，白素道：「臉向下？」

紅綾更有興趣：「是，臉向下，像是烏龜背著一隻殼一樣。」

紅綾這樣的比擬，自然沒有故意不敬的意思在，只是聽來刺耳，但我立即想到，一個人要在這種的情形之下，如此快速地行動，他的體能之強，到了甚麼程度？那十多年來，他在極度的自責之中，可能不斷以高難度、高強度的各種鍛練折磨他自己，所以在不知不覺之中，練成了絕世的本領？

在武俠小說之中，有很多在不知不覺中練成了絕世本領的描述，像何先達那樣，竟然在極度的痛苦中，為了自虐，而練成本領的情形，也很罕見。

我吸了一口氣：「那你看清他的樣子了。」

紅綾搖頭：「沒有，太快了，我沒看清他的樣子。」

白素側頭想了一想：「我想他很想和我們見面，只是一時之間，擱不下這個臉來。」

我曾在他居住的那個山洞之中留言，請他到藍家峒去，他並沒有現身。但從現在的情形來看，他一定常在藍家峒附近徘徊，所以我們一出現，他就跟上了我們。

他自然很想和我們相會，但是又克服不了自己心理上的障礙，所以一直沒有露面。直到看出了我們的為難，他才挺身而出，替我們去弄明白那山洞之中，是不是有可怕的敵人在。

事情推測到這一地步，那個神秘的跟蹤者，可以說真相大白了。

我取出了小刀，在一株大樹上，刮下了一大塊樹皮，露出了白色的樹幹，然後取過筆來，寫了兩行大字：「欲知你女兒詳情，從速露面相見。過去種種，譬如昨日死，自責多年，已足見懺悔之誠心矣。」

在我寫字的時候，白素指著樹上的字，對紅綾道：「看，會寫字，有時很有用。」

紅綾不肯學寫字，她有「寫字無用論」，自成一家，白素一直拿她沒辦法，所以這時，抓緊機會，趁機教育一番。

怎知紅綾仍然堅持己見：「我想他不會在很遠，大聲叫，他就可以聽到。」

她說著，一吸氣，果然叫了起來：「想不想知道你女兒，我表姨的情形？

快出來和我們相見。」

她的叫聲，震耳欲聾，效果真有可能比我留字還好，白素只好暗暗搖頭。

她叫了幾遍，白素道：「好了，好了。如果他在苗疆到處亂竄，在裡流河畔見到了二姨的墓，他就應該知道自己有個女兒。」

我歎了一聲：「藍絲並不責怪他，他至少應該知道這一點。」

我們逗留著不動，當然是希望何先達再出現，可是等了一會，並不見有甚麼跡象，白素道：「我們進山洞去看一看。」

紅綾首先向前奔出，不一會，我們三人，都進了那個山洞——我們並不是第一次來這山洞，也早知山洞之中，有著烈火女的骸骨，照說，不會有甚麼使我們吃驚的了。

可是，最先進洞的紅綾，才一進洞，就發出了一下怪叫聲，在山洞之中，引起了陣陣的回音。

我和白素，接著看清了山洞中的情形，也大吃了一驚。山洞之中，眾多烈火女的骸骨還在，可是卻再也不是整齊地排列著，而是變得凌亂不堪。紅綾一進洞就怪叫，倒也不是她大驚小怪，而是她踢中了一個骷髏之故，那骷髏兀自在地上滾動。

我一見這等情形，脫口而出：「何先達。」

我以為那是剛才，何先達衝進來的時候，他人在「罩子」之中，沒看清山洞的情形，所以把烈火女的骸骨弄亂了的。

但白素立時俯身，捧起了一個骷髏來：「別亂怪人，不是他。」

白素一拿起那骷髏來，我也看到了，在骷髏上，至少有兩個子彈孔。

而且，也發現了其他的骷髏上、骨頭上，都有子彈孔，地上，有子彈頭，也有子彈殼，山洞壁上，也彈痕纍纍，到處可見。

子彈正是射殺銀猿的那種半自動步鎗的子彈。

這種情形，說明了甚麼？

說明那持半自動步鎗的兇徒，曾進入這山洞，而他在進入這山洞之後，對著烈火女的骸骨，亂鎗掃射，至少射出了兩百發子彈。

這是一種甚麼的行為？那是一種變態的、瘋狂的行為。不但可怕，而且令人噁心。

本來，白素還曾假設，那兇徒不知道銀猿的來歷，值得原諒，可是烈火女的骸骨又礙著他甚麼了，他要亂鎗掃射？

我只感到全身發熱，怒意勃生。

這時，紅綾也看出情形不對頭，忙拾起了幾枚彈頭：「這是殺人的東西……這山洞中沒有人，為甚麼會有那麼多，想幹甚麼？」

白素沉聲道：「這人是一個瘋子。」

我一字一頓：「一個危險之極的瘋子。」

我們都意識到自己處境的危險——有這樣行為的瘋子，沒再可能是友，必然是敵。

而至今為止，我們對這個兇徒，一無所知。

我用力一揮手：「我主張先回藍家峒去。」

（九）神仙留下來的好玩東西

先回藍家峒去，是比較安全的措施。回去之後，我們至少可以設法準備相當的武器，和那兇徒進行公平的鬥爭。當然，歸途之中，也要步步提防。

白素對我的提議，沒有作出即時的反應。

紅綾看到我們神色凝重，她有點不明白：「甚麼叫瘋子？」

一時之間，要向她解釋這個問題，倒也不是易事，我握住了她的手：「這個人的行為失常，像是毒蛇，見人就不問情由地去咬。」

紅綾的神情更是疑惑：「不對啊，毒蛇可不會不問情由咬人。」

我不禁苦笑——常用「蛇蠍之心」來形容某種人類行為，實在是很冤枉了蛇或蠍的。

我再解釋：「總之，這個人十分危險，很可怕，要是遇上了他，他很可能把我們殺死。」

紅綾仍像是不很明白，但是她沒有再問下去。

白素慢慢走了幾步，才道：「我們先把骸骨集中在一起，唉，要恢復原狀，是沒有可能的了。」

我們的處境很危險，那心理變態的兇徒可能就在附近，隨時會出現，我不明白何以白素還有這樣的心情去集中散亂的骸骨。

我向她望了一眼，沒有立即行動，她已經拾起兩個骷髏來，走向山洞的一角，用很是恭謹的態度放下。

看到她的神情如此鄭重，我心中一亮，明白了她這樣做的目的。

那些骸骨屬於「烈火女」——她們的肉體在剎那間被消滅，而她們的生命形式，在這個過程之中，起了轉變，變成了外星人。

以上是我們推斷所得的結論。

白素的母親陳大小姐，也有可能經歷了同樣的過程，變成了外星人。

只怕白素此際所想到的，不單是自己的母親可能和這些烈火女一樣。她更可能潛意識之中，希望她母親遺下的骸骨也在其中，所以才覺得要妥為處理。

一想通了白素的心意，我忙向紅綾作了一個手勢，三個人一起把散亂的骸骨，都堆在山洞的一角。我道：「我們離開時，盡可能把這山洞封起來，別再讓甚麼人闖了進來破壞。」

白素望著那堆骸骨，長歎了一聲，轉身向洞外走去。

要把山洞封起來，那是紅綾的拿手工作，她搬來了大小石塊，在洞口堆起來，再拉了許多籐蔓，塞進石塊之中，然後道：「等這些籐蔓長起來，再要發現這個山洞，難之又難了。」

我這才走到白素的身邊：「我們是不是回藍家峒去？」

白素卻答非所問，她說：「沒有人會無緣無故到苗疆來，沒有人會無緣無故對那麼罕見的兩頭銀猿下殺手。」

我心中想到了一句話：「或許是甚麼卑劣的獵人，想要猴皮。」可是我隨即想到，在紅綾面前說這些話，實在太殘忍了，所以忍住了沒有說。

白素在繼續說著，聽來像是在自言自語，我知道她正在集中精神思索，所以並不打斷她的話，也向紅綾作了一個手勢，示意她不要出聲。

白素道：「我兩次見到『發光的人』，都是銀猿穿了那件像是背心一樣的物件——」

她向我望來，我忙道：「就當它是背心好了。」

白素又搖了搖頭，那表示她的設想連貫不起來，難以成立。我鼓勵她：「說來聽聽。」

白素仍在搖頭：「先得假設那兇徒知道有背心的存在，兇徒也知道靈猴的身分——但如果在這種情形之下，還要殺害牠們，那就說不過去。」

我用力一揮手：「怎麼說不過去，你剛才不是說，不會有人無緣無故殺靈猴嗎?這就是原因——兇徒知道那背心，他要得到那背心——」

說到這裡，紅綾陡地插了一句：「咦，那和我們一樣，我們也想要那……背心。」

我和白素互望了一眼，剎那之間，由於紅綾的話，使我們想到了一些甚麼，可是卻又全然抓不住中心。

我沒有再想下去：「兇徒想要那件背心，靈猴不給，所以才下毒手的。」

我的推論很合情理，白素卻仍在搖頭：「還是回到了老問題：兇徒是怎麼知道有這件背心的？」

我道：「那不成問題，我們能知道的事，別人也能知道。事實上，我們所知的根本不多，別人所知可能比我們更多，遠在我們之上——」

我講到這裡，白素陡然面色有異，一伸手，阻止我再講下去。我和她心意相通，電光石火之間，我也陡然心中一亮，想起了一個人，只有他，才可能在「神仙」、在「神仙留下的物件」有關資料上，比我們知道得更多。

因為他看過老十二天官留下的記錄，而老十二天官是曾和「神仙」打過交道，最後，還有可能是被神仙「渡」上天去的。

這個人，就是鐵天音。

鐵天音把這個經過告訴了我，但是語焉不詳。他說「就是這樣了」，當然是說謊，他知道得更多，所以他也到苗疆來了。

他到苗疆來的目的，也很容易知道：他想來找「神仙」，至少，他想得到「神仙」留下來的物件！

一想到這一點，我不禁遍體生寒，和白素面面相覷（白素自然也想到了），各自說不出話來。我們的形狀一定十分滑稽，所以紅綾瞪大了眼，望著我們，感到很有趣。

足有一分鐘之久，我們才一起吁了一口氣。我說了一句蠢話：「若是他，總不見得會殺我們。」

白素只給了我一個眼神，我就知道自己說了一句蠢話了——貪慾是一切惡行之源，是一切禍害之根。一旦貪慾高於一切時，除了達到目的之外，其他的一切都可以不顧了。

當年，老龍天官為了要登上領袖的寶座，可以設下陰謀殺害父親。

若是鐵天音懷有不可告人的目的，在貪慾和野心的結合之下，我不排除他會踢開一切阻礙他行事的阻礙，只怕連他坐輪椅的老父，也難以倖免。而我只不過是「衞叔」而已，只怕和那兩頭銀猿，沒有甚麼不同。

在這樣的情形之下，我只好再說一句蠢話：「只是我們推測，或許不是他。」

紅綾問：「你們說的是誰？」

當然不能告訴她我們是在說鐵天音——萬一不是他，就不好解釋了，所以就支吾了過去，紅綾畢竟「入世未深」，要支吾過去是很容易。

白素揚了揚眉：「如果你設想對，那麼，那背心，他到手了沒有？」

我想了一想：「沒有。他雖然下了毒手，可是我推測，他被靈猴戲弄了。背心沒有到手，他也不知中了槍之後的靈猴到了何處，所以他找到了這個山洞，在山洞中也沒有發現，所以他怒發如狂，用槍狂掃烈火女的骸骨，以宣洩心中的憤怒。」

白素顯然同意我的分析，而且繼續下去：「假設銀猿在中槍時，其中的一頭，還穿著那件『背心』——」

白素說到這裡，一直在用心傾聽的紅綾，一聲唿哨，就把那兩頭背負著銀猿屍體的猿猴叫了來。

由此可知，她完全可以領悟到我們在討論的是甚麼，這自然令我們身為父母的心花怒放，我和白素，不約而同，一起握住了她的手。

我們一起去看銀猿的屍體，只見有一頭，胸背之間，沒有彈孔。白素道：「背心，是穿在這頭身上。」

我道：「銀猿中槍之後，立即知道自己死亡在即，所以飛奔開去，兇徒追趕不及，銀猿最後，死在那棵大樹之上——」

我說到這裡，向紅綾望去，紅綾拍著手叫：「那……背心，留在那棵大樹上了。」

經過了推測，得出了這個理所當然的結論，我們是很是高興。紅綾參加了我們的推理，而且條理分明，分析力強，這更令我們興奮。

這時，兇徒的身分可以說已經弄清楚了，那是極度令人不快的事，要不是有事同時令人高興，我們的情緒，必然壞到極點了。

我們開始走回頭路，又來到了那一排大樹之前，這時已是下午時分，在枝葉繁茂的古樹之下，更是陰暗，我和白素，不能一下子就分辨出是哪一棵大樹，因為所有的大樹看來都差不多，但紅綾一下子就到了那棵大樹之下。

她向樹上指了一指：「當然是我上去。」

我知道紅綾的身手好，可是那樹實在不是容易上去的，尤其是最初的二十來公尺，是直上直下的樹幹，連可供踏腳的地方都沒有。

我想了一想，把自己身邊的一柄小刀取了出來，遞給了紅綾，紅綾當時明白，也取出了她自己的小刀來，雙手各握刀在手。

那兩柄小刀都極其鋒利，她氣力又大，一刀插下去，「入木三分」，足可固定她的身子，使她的身子向上移。我和白素抬著頭，看她用這個奇特的方法，向上攀去，轉眼之間，便到了有橫枝之處。一攀上了橫枝，紅綾就像是魚兒入了水一樣。轉眼之間，沒入枝葉之中，看不見了。

她像是也知道我們會不放心，所以不時在樹上，發出一下呼叫聲，只聽得她的呼叫聲越來越高，可能已經攀到了樹頂，而且叫聲還在移動。

我們知道她還未曾找到甚麼，因為如果有發覺，她必然會發出歡呼聲。眼看天色黑下來，時間飛快地過去，自上面傳下來的呼叫聲，也越來越無精打采。

白素沉聲道：「她沒找到背心。」

我十分疑惑：「一定在樹上，不可能在別處。」

白素搖頭：「叫她別找了。」

我向上大聲叫：「紅綾，下來，別找了——」

我才叫到一半，就聽得上面，傳來了一下歡呼聲：「找到了。找到了。」

接著，看到大樹極高處，樹枝和樹葉，一陣晃動，顯然是紅綾由於興奮，正在亂蹦亂跳，或是搖動樹枝。身在樹上，她一點也沒有驚懼之心。

接著，就看到她從枝葉之中躍了下來，不一會，只見她身上穿著那件背心，雙手抱著樹幹，疾滑了下來，一下子就落了地。

我和白素趕過去抱住她，卻發現她雖然高興，可是眼中竟然有淚水——這令得我們大惑不解。

紅綾一面抹淚，一面道：「剛才在樹上，在一個很深的樹洞中，找到這……背心的，樹洞外，還有兩條毒蛇在，可知靈猴是故意選擇，使東西不容易落入別人手中。靈猴是神仙飼養的，自然知道神仙的東西，不能胡亂給人，牠們就是因此而死。」

她一說就是一大篇，可是仍然沒有說到她為甚麼要流淚。紅綾有點不好意思地笑了一下：「我取出了背心，想起牠們……對我來說，和人一樣，再也不能和牠們在一起了，我不想哭，卻不知怎麼，鼻子一酸，眼中就有水冒了出來。」

我和白素這才鬆了一口氣，感到了悲哀，就流眼淚，這是人類感情的自然反應。

我道：「你應該流淚，那兩頭靈猴，我甚至可以斷定，是『神仙』託牠們照顧你的：你外婆要跟神仙上天，你還那麼小，需要照顧，神仙一定曾託過牠們。」

紅綾聽得我這樣說，發了一會獃，用力搖了搖頭，把身上的背心脫下給我們，她自己奔到了銀猿的屍體之旁，摟住了牠們。

我低聲道：「讓她去，感到悲傷是正常的。」

那件「背心」一到了我手上，沉重得出奇，至少有十五公斤。

那真的是一件背心，情形和普通的避彈衣差不多，前面左右兩邊，都有長方形的硬盒，有的上面有許多按鈕，有許多指示燈，也有小型的顯示屏，數了一數，一共是十八個——那顯然是十八個有著不同功用的精密儀器。

在背部，是一個直徑三十公分的圓圈，圓圈之外，是一排許多管子，也不知是甚麼用處，在圓圈的中心，則是一個按鈕。

我和白素用強力電筒照著，翻來覆去，看了很久，早已可以肯定這樣的東西，必然屬於外星人所有，可是對它的功用，卻一無所知。

這時，天色早已黑了，也不知紅綾是甚麼時候來到我們身邊的，直到她忽然說了一句話。

她說的是：「這東西不是會冒火的嗎？怎麼才能使它冒火？」

這一問，將我們問倒了。這「背心」必然會「冒火」，但如何能使它冒火呢？當然是按動其中的一個按鈕——問題就在這裡了，它有超過三百個按鈕，應該按哪一個呢？

這背心，毫無疑問是外星人的精密儀器，每一個按鈕，都有作用，不能亂按。

紅綾得不到回答，把這個問題，又連問了兩次，我據實道：「它會冒火，但我不知道如何才能使它冒火。」

紅綾聽了之後，現出了一個十分古怪的神情，她是想到甚麼就說甚麼的，所以她脫口道：「靈猴知道怎麼令它冒火。」

這句話聽起來平淡無奇，可是我和白素，都知道她說這句話的用意何在——她也不是故意轉彎抹角，而是先說了這一句。要是我們不知道她的用意，她自己也跟著會說出來的。

白素為了使她不再那麼野，曾努力糾正過她的許多習慣動作，例如拍打自己的身體之類。而當白素在那樣做的時候，都這樣告訴她：「只有猴子才那樣做，人不會。」

我相信紅綾對這句話，一直有相當程度的反感——她不認為猴不如人，甚至還認為人不如猴。

這時，她那樣說，就表達了她的那種觀念——靈猴都能，你們卻不能。

白素指著背心：「那是『神仙』的東西，神仙可能教過靈猴怎樣用它。」

紅綾側著頭，想了一會，總算接受了白素的說法。我向她作了一個手勢：「我們自己來研究，來，你先把它穿上，看看如何才能令它放光。」

紅綾很是高興，讓我替她穿上了這件背心，在衣著之中，背心是最容易穿著的了。這背心沒有鈕扣，但是兩邊衣襟輕輕一碰，就連在了一起。

紅綾穿上了這件背心之後，乍一看，就像是一個攝影專業人員——有一種給攝影師穿用，有許多口袋的背心，穿起來就是這樣子。

紅綾低頭察看著，我道：「這裡的每一個按鈕，都有我們意想不到的用途。」

紅綾道：「那就一個一個按來試試。」

紅綾說著，雙手齊出，就要去按。我和白素，忙不迭一邊一個，抓住了她的手，叫：「別亂來。」

紅綾瞪大了眼，我急急解釋：「我們對它一無所知，若是按錯了，不知會發生甚麼事。」

紅綾道：「會發生甚麼事？」

我看到「背心」的下半部分，像是有一排管子，所以隨口道：「可能一下子，『呼』地一聲，把你帶上天去。」

紅綾的神情更是古怪之至，望定了我，分明是在說：那可好啊，求之不得。

我笑著指向天：「飛上天去，當然好玩，可是你不知道如何下來，這便如何是好？」

紅綾也抬頭望著天上，很認真地在想上了天下不來的處境，想了足有一分鐘之久，才想通了能飛上天去，固然愉快之至，但如一直在天上下不來，卻也不是很妙。所以她結果長歎一聲，沒有再說甚麼。

我吸了一口氣：「能冒火的按鈕，一定最簡單，最容易使用——」

我才說到這裡，紅綾就轉過身，背向著我：

「這裏有一個大按鈕，你按來試試。」

背心穿在紅綾的身上，我當然不能說按就按，所以猶豫了一下，誰知道紅綾說做就做，她的手臂長，而且動作靈活，一下子就彎了過來，在那大按鈕上，按了一下。

剎那之間，只聽得「啪」的一下聲響，說是在紅綾的身上，忽然冒起了一蓬火來，也絕不誇張。

我和白素，同時發出了一下驚呼聲——在這種情形下，正常的反應，會是疾退開去，以避火光。但身上忽然冒火的是我們的女兒，反應自然不一樣，隨著一聲驚呼，我們都一起撲向紅綾，把她擁在懷中。

一抱住了她，我們立刻就知道，那不是一蓬火，只是一蓬光，因為並沒有火的熱力和破壞力，其所以一上來就使人感到是蓬火的原因，是光亮的顏色像火，而且閃爍不定，忽明忽暗，十足像火燄一樣。

紅綾在火光乍現之際，也顯得很吃驚，但在被我們抱住之後，火光映著我們三人的臉，看起來更是詭異有趣，她首先叫了起來：「我成功了。」

我和白素退開了幾步，紅綾又叫又跳，又翻著筋斗，她身子一動，發自她身上的光芒，更像是一蓬在熊熊燃燒的火。

這背心，會發出這樣的光芒來，當然不是穿了它來跳「火神舞」的，可是究竟有甚麼作用，卻也說不上來。

紅綾一面跳躍翻滾，一面發出呼叫聲。那兩頭負責銀猿屍體的大猴子，也跟著跳和叫，一時之間，黑暗之中，吵鬧不已，蔚為奇觀。

看得出紅綾很是興奮，因為她一直在說「神仙的身上會發火」，現在她自己的身上也會冒火了，自然值得高興。

她一下子自遠處翻跳近來，滿面紅光，臉上有著光輝流轉的汗珠，一臉喜容，叫著：「這東西真好玩。」

接著，她不等我們有反應，就自己解釋：「是神仙的東西，自然好玩。」

說的時候，她眼瞅著我，看來心中大有拿父母和神仙相比較，神仙比父母好玩之意。

我心中說了一句：「那你就跟神仙去好了。」——沒有說出來的原因是，若是她真的跟神仙去了，那我們豈不是又失去了女兒。

白素向她走過去：「好了，玩夠了，脫下來吧。」

白素說得很認真，那極可能是她作為母親，已經有了會有甚麼事會發生的預感。

可是紅綾正玩得興頭上，如何肯聽？她一面後退，一面道：「再玩一會，神仙會飛，說不定我也能飛。」

她說著，一面後退，一面就在前面的按鈕上亂按。

我反應和白素不同，又好氣又好笑，叫：「小心飛上天下不來。」

白素則聲色俱厲：「快脫下來。」

說時遲，那時快，我看到紅綾那時，雙手的大拇指，按在背心下面的兩個對稱的長方形按鈕上，那兩個按鈕，有光亮閃了一閃，緊接著，「轟」地一聲響，紅綾整個人，冲天而起。

這一下變化，當真是意外之極，而且令人心膽俱裂，我張開口想大叫，可是沒有聲音發出來，因為正有一股極強大的氣流，自上而下，壓了下來。

那股氣流壓進了我的口中，幾乎沒令我窒息，五臟六腑，就像被翻轉一樣，難過之至，一個站不穩，跌倒在地。

我才一倒地，就有人也跌倒，壓在我身上，那兩個猿猴，雙手抱住了頭，滾了開去。

我抬頭向上看去，只見一團火光，裹著一條扎手扎腳的人影，真叫作眨眨眼就上了天。

更令人意外的是，忽然又有一聲巨響傳來。

（十）從鬼門關拉回來

隨著那一聲巨響，一溜火光，在離我們約有一公里處，自黑暗中直冒了出來，帶著轟轟發發的聲音，火光迸射，電也似疾，直射向飛上了天空的紅綾！

那是一枚小型的火箭！

一時之間，我相信我的心臟，必然有一個相當的時間，是停止了跳動的，不然，何以會眼前發黑，天旋地轉呢？

那枚火箭的去勢快絕，可是紅綾上升的速度更快。火箭在發射的時候，是對準紅綾射出去的，但紅綾上升的速度快，轉眼之間，已由一大團火光變成了一個火球，而立刻又變成了天際的一個小亮點，火箭沒有射中她，不知道飛到甚麼地方去了，也跟著沒入了黑暗之中，而天際的那一個小亮點，也看不見了！

這一切變動，發生的時間，從頭到尾，不會超過五秒鐘。我和白素兩人，當真如同被魔法變成了石頭一樣，一動也不能動，心不跳，肺不張，血不流，全身都僵硬了！

找那件「神仙背心」，竟會找出這樣的結果來！

可以說，在我和白素的一生之中，這時所受的震撼最大，無可比擬，比諸當年發現小人兒不見時更甚！而且，這是第二次同樣性質的打擊，再堅強的人，在這種情形下，也不免會崩潰。

我想我和白素，都不是「已到了崩潰的邊緣」，而是崩潰已經開始了！

我覺得身子完全僵硬不能動，而眼前有萬千金星在飛舞，那些金星，又化作萬千刺針在刺我全身，使我全身所有的毛孔，都發出劇痛。

那種劇痛，不單發生在肌膚之上，而且入心入肺。那令得我的身子，不由自主，發生劇烈的顫抖，而且開始抽搐。同時，我感到氣血上湧，全身的血，像是都集中到了喉嚨處，正在努力向外擠，想從口中，像火山爆發一樣地噴出來。

我無法知道白素的情形如何，因為我的雙眼，已喪失了視力，我雖然努力睜大了眼，可是看到的只是紅色和黑色的一團又一團在翻滾的雲團，我想大聲叫，可是我卻不敢張開口，因為我知道，我只要一張口，全身的血，都會自口中噴射而出。

我必須盡一切力量來阻止這種可怕的情形出現，但是我完全不知道自己能堅持多久。

這時，我全身僵硬，但是腦部活動並沒有停止，思路十分明白。

所以，我知道自己的情形，危險之極。我受過嚴格的中國武術訓練，訓練的內容包括氣功在內，現在這樣的情形，我比普通人更危險——由於受了極度的刺激，我體內的力量，在驟然之間，失了控制，正如同脫韁野馬一樣，在對付我自己的身體。

那情形，和一個人的手臂不受控制，抓起了一塊大石，用力敲擊自己的頭部一樣，終於會把自己的頭骨打碎！

我也知道，就算我強忍著，使得鮮血狂噴的場面不出現，我的內臟，也必然在這股力量的衝擊之下，受到嚴重的傷害！

我所想到的是：生命的終極到了，大限來臨了，我要死了！想不到我會死在苗疆，而且在這樣的情形之下死亡，死得如此不明不白！

在身體遭受到巨大痛苦的同時，思想上又確知了自己的死亡，那真是加十倍的痛苦。我努力睜大眼，雖然甚麼也看不見，可是我還是努力睜大眼——或許，古人所謂「死不瞑目」，就是這個意思。

而且，我知道自己忍不下去了，而且，在意志上，也放棄了再追求生存的意願，接受了死亡來臨的事實，不想再掙扎了——與其如此痛苦地掙扎，不如就鮮血狂噴而死算了。人都要死的，不明不白是死，明明白白也是死，死是解脫，死了就沒有痛苦……

在我的一生之中，有許多次接近死亡的邊緣，也都在那時有過各種各樣的想法。可是從來也沒有這樣想過，因為這一次，我不是接近死亡的邊緣，而是已經進入了死亡的圈子——一隻腳已經踏進鬼門關去了！

而且，十分清楚地知道，根本沒有獲救的可能，我的身邊只有白素，要是白素的情形正常，只是我一個人失常，她可以救我。同樣的，要是白素因為極度的刺激而失常，我正常的話，我也可以救她——我們兩人都有同樣程度的武術造詣，懂得如何在這種危險之極的情形之下救命。

可是，紅綾忽然之間，冲天而去，對我的打擊大，對白素的打擊只有更大。我進入危險的境地已經相當久，她如果能出手，早就出手了，可以肯定，她處境必然和我一樣，甚至比我更糟！

我把這一段死亡經歷記述得很是詳細，是由於當時，我確然認為死定了——我和白素，會雙雙在苗疆之中喪命，同年同月同日同時死！

不但如此想，而且，也已經準備接受這一事實——事後，和白素交換那時的感受，她在當時的想法，和我完全一樣！

當然，我和白素都沒有死，絕處逢生，在絕無可能得救的情形之下，卻又順理成章地獲救。可以說是奇蹟，也可以說是許多因素湊合起來後的必然結果！

就在我準備讓死神帶走我的生命的那一刻，我的具體行動，是張開口，讓在體內快要沸騰的血，自口中狂噴而出，用死亡來換取痛苦的消失。我的口唇，我想，大約又遲疑了十分之一秒，未曾張開，或者，是由於身體的僵硬，動作和思想，配合得不是那麼靈便。

也就是這十分一秒之差，使我不致死亡——就在那時，我覺得頭頂之上，有一股重壓，透體而入。

那股重壓，以銳不可擋之勢，進入我的身體，把在我體內反叛的，想要奪口而出的血，一下子壓了下去。

我也就在那時，張開口來，到底還是有一口血，「哇」地一聲噴出，但只是那一口，其餘的血都回到了身體的各部分，而且開始了正常的運行。

我在吐出了一口鮮血之後，整個人如同浸入了涼水之中，首先在痛苦迅速消失之後恢復的是聽覺，本來耳際只是轟轟聲，這時，聽覺恢復正常了。

我聽到了一個極其沙啞的男人聲音，用很是生硬的口氣在說話，他說的是：「兩位別太難過，照我看，令嫒生相有福。雖有驚險，不致有大禍，兩位自己保重！」

一可以聽到人聲，我就知道，自己活回來了！

但是那實在令人難以置信，我立即又自己問自己：怎麼可能呢？我怎麼可能活回來呢？我已是一個非死不可的人，怎麼又能活回來呢？

因為剛才的情形，如此兇險，就算有世界一流名醫，忽然出現在我的身邊，也必然束手無策，只能眼睜睜看著我死去！

若不是一下子聽到了男人的聲音，我一定以為是白素救活我的，因為剛才那種情形，只有也深擅內家氣功的武術高手，才能相救——把一股力量，在我的頭頂，「百會穴」上注入，把我體內翻騰的氣血，硬壓下去，才能把我從鬼門關中扯回來！

聽到的既然是男人的聲音，那麼出手救人的自然不是白素了。而且，聽他的口氣，像是他一出手，不但救了我，而且同時也救了白素！

我接著想到的是十二天官，可是又覺得十二天官的武術造詣不會有那麼高（老十二天官自然有這能耐），那麼又是誰呢？

我沒有再想下去，因為雖已獲救，但還是要運用自己的力量，調勻氣血，以免後患。

大約在一分鐘之後，我感到按在我頭頂的手，已經離開，我眼前也大放光明，可以看到東西了。

我首先看到的是白素，看到她盤腿而坐，也正望著我。我這才發現，自己也盤腿而坐。

在危機驟然降臨之時，我身子抽搐，縮成了一團，一定難看之至。如今變成了盤腿而坐，自然是救命恩人所為，這也說明，出手救人的是一個武術的大行家——這樣的姿勢施救，可以事半功倍！

一時之間，我幾乎以為是白老大他老人家來了！

我和白素的視線一接觸，立刻就知道，在自己身上發生的事，已發生在對方的身上。所以我們一起伸出手，雙手緊緊互握！

這時，命是揀回來了，可是心中一樣傷痛無比。但自然也要弄清楚，救了我們的是誰！

我們循剛才語聲傳來的方向看去，看到了一個身形高大，披著獸皮，樣子可怕之極的人，根本看不清那人的臉面，只看到他一雙炯炯有神的眼睛，在黑暗之中，光采流轉，很是懾人。

那人長髮，虬髯，糾結在一起，把他的臉面五官，都遮住了，但雖是如此，我們還是立刻知道了他是甚麼人！

他是何先達！

他就是十多年來，一直為了自己酒後的行為而自責，在痛苦的深淵中號哭的何先達！

我們曾估計他在極度的痛苦之中，練高難度的武功折磨自己，如此練就了一身好本領，現在看來，果然如此！

他一直跟在我們的後面，想現身又自卑，他曾偽裝成一個小土丘，為了幫助我們，他曾現身，當然沒有遠去。

剛才發生的事，他一定都看到的，他看到紅綾取了「背心」下樹，看到紅綾穿了「背心」發光，也看到了紅綾一飛冲天，看到我和白素進入了生死關頭，這才出手相救！

我和白素同時站了起來，一起向他拱手，大德不言謝，說甚麼多謝救命之恩，顯得多餘了！

白素一開口就叫：「姨丈！」

我也跟著叫了一聲，這一個稱呼，令得何先達大是驚訝，雙手亂搖，聲音沙啞：「甚麼？你們叫我甚麼？」

白素道：「說來話長——」

她比我先回復鎮定，隨即問：「剛才……紅綾忽然上了天，你可曾看到有一溜火光射向她？」

發生的事實在太多，在紅綾上天的時候，有一枚火箭射向她，沒有射中。能在苗疆之中發射火箭的，又是何等樣人？

何先達點頭：「是，像是不懷好意，紅綾……她……我看她不會有事……她怎麼忽然會飛上天的？我也嚇呆了，所以出手遲了一些，尚幸兩位功力深厚！」

我這才吸了一口氣：「若不是你恰好在近處，我們兩夫婦早已命赴黃泉了！」

何先達雙手理了一下亂髮：「唉，我罪孽深重，幾次想自我了斷，都下不了決心，倒好，留著這條命，有時也還有用！」

白素大聲道：「太有用了，你的女兒——你一定不知道當日你使陳二小姐懷了孕，也不知道陳二小姐是我的阿姨，這裡頭故事長著呢！」

這裡頭的故事，確然極長，而且不是從頭說起，也不容易明白。

本來，我們就應該立刻向何先達說一切經過，但這時，我和白素都心亂如麻，只是抬頭望著天空，連和何先達說話的時候，也是望著天空的。

紅綾「一飛冲天」，眨眨眼就不見了踪影，根本不知去了何處，上哪兒找她去，就算我們也會飛，都無法尋找！在這種情形下，我們哪有心思去和何先達詳細敍說往事。

我只說了一句：「你的女兒叫藍絲，陳二小姐難產而死，藍絲一直在藍家峒生活，學會了降頭術，很了不起，又美麗又能幹！」

這樣簡單的幾句話，已令得何先達如癡如醉，悲喜交集，一會兒雙眼放光，咧著大口笑，一會兒神情悲苦，用力扯拉自己的頭髮。

趁他在宣洩情緒之時，我向天上指了指：「怎麼辦？」

白素聲音很啞：「只怕她上了天之後，再亂按鈕，會有一個使她能落下來的！」

我吞了一口口水，落下來？若那具個人飛行器的動力，突然消失的話，紅綾確然會落下來，可是那是從高空之中直摔下來！

我的神情一定難看之至，白素除了臉色了白之外，神情倒還鎮定。

何先達在一邊，好幾次開口想問，可是看到我們這樣情形，他也不好意思開口。他來回踱了幾步，忽然道：「那放火光射紅綾的——」

白素糾正他的話：「那不是火光，是火箭，一種很厲害的武器，普通人不會有——是不是有軍隊在這裡？」

何先達搖頭：「方圓三百里，我轉悠了十多年，沒有見過一個兵。」

白素沉吟不語，何先達又道：「那放火……箭的人是不是很重要？我去把他找出來！」

何先達要自告奮勇去找那個放火箭的人——我們對那人是何方神聖一無所知，但他既然能放射火箭，身邊一定還有厲害的武器，何先達赤手空拳，要去把他找出來，當然很是危險。

但是這個人，又必然是一個關鍵人物——紅綾才一上天，他第一時間發射火箭，好像早已知道會有這種事發生一樣，可算是唯一的線索了。

我和白素同一心思：「我們三人一起去找。」

白素又補充了一句：「小心點，那人是一個極度危險的人物！」

她這樣說了，我心中一動：「他……那放射火箭的人，有可能就是鐵天音？」殺害銀猿的兇徒是鐵天音，這是我們推斷得出的結論，放火箭射紅綾的，難道也是他？

白素望了我一眼：「有此可能！」

我明知就算找到了那人，他也未必會知道紅綾被飛行器帶到甚麼地方去了，但那是沒有辦法中的唯一辦法，除了去找那個人之外，我們還能做些甚麼？

這時，我們雖然看來行動能力已經恢復，但是實在心如刀割，傷痛無比。別的不說，單是想到那外星人的「背心」，若是帶著紅綾，飛到了太高的高度，她又沒有氧氣頭罩，能不能受得了，已是全身又要開始抽搐了！

那枚火箭，是在大約一公里之外射出來的，一聽到「我們三人一起去」，何先達已有了行動，也沒有看到他身子怎麼動，人影一閃，已向前疾掠而出，當真如鬼似魅，快得叫人聯想起「神行無影」這一類的外號，而且另有一股陰森森的鬼氣，和良辰美景在行動之間同是快，可是風格氣派，卻又自不同。

我和白素同聲喝采，一提氣，追了上去——何先達要是不慢下來，我們之間的距離，一定會越來越遠。他知道我們不能行動如此快，所以特地慢了下來。但是不久，他也大是佩服：「你們長久在城市中生活，還能有這樣的身手，真難得！」

我由衷地道：「方今世上，若論武術造詣之高，只怕你已獨步天下了！」

何先達苦笑：「慢説不是，就算是又怎樣，人都死了，難以復生。」

又惹起了他的傷感，我和白素，都不再出聲。何先達又感慨：「別説武術好，連神仙都沒有辦法——嗯，帶著紅綾飛上天的，既然是神仙留下來的東西，我看紅綾必可無礙，哪有害人的神仙！」

當時聽得他那樣説，我們都只是苦笑，心知他是沒話找話説，在安慰我們。就算外星人沒有害人之意，那件「背心」卻只是工具儀器，亂擺弄，叫它帶上了天，難道還能在天空之上照顧紅綾不成？

所以，我們並沒有搭腔，只是一個勁地向前急奔，在體力的極度消耗之中，以減少心情上的痛苦焦急。

何先達看到我們不出聲，自然知道自己說的話不得體，所以也沒有再說甚麼。

後來，事情又有了意料之外的變化，何先達才把自己的胸口拍得「砰砰」響，神氣活現地說：「記得在找那個放火箭的人時，我說過甚麼來？算不算有先見之明？」

那是後話了。

估計火箭射出的地方，約在一公里之外，奔出了一會之後，三個人都慢了下來。

在黑暗中，何先達目光如炬，像是貓眼一樣，閃閃生光——我相信他有「夜視」的能力。

所經之處，若是林木稀疏，月色還可以照明，若是在密林之中，簡直一片漆黑，伸手不見五指。我們是在搜尋人，又怕被人發現，也不敢使用電筒照明。

過了一會，來到了一片山崖之下，何先達作了一個手勢，令我們暫停，他自己身子拔起，一下子掠上了一塊巨大的石頭。

那塊大石約有兩公尺高，三公尺見方，很是整齊。

何先達上了大石，向我們招手，我們也相繼躍了上去，何先達指著石上的一些東西：「這裡，不久之前，這裡有人！」

在石頭上的東西，可以證明何先達的說法正確。那些東西，包括了一些空的罐頭，錫紙，全是軍用品——食水和壓縮食品，還有帳幕，和一隻軍用背包，背包中已沒有甚麼東西。

全是軍用品，那射火箭的人，果然不是普通人！

我神情疑惑，望向白素。白素卻像是理所當然一樣：「他父親是鐵大將軍，他是要亮出這個關係來，在軍中就吃得開，要甚麼樣的武器全有！」

我用力一腳，把一隻罐頭踢了開去，很是惱怒：「他竟然用火箭來射我們的女兒？」

白素道：「這倒又冤枉他了，相隔那麼遠，他最多只能看到一道火光，包著一個人上了天，可絕對無法看清那是誰！」

我恨恨地道：「他帶了那麼多裝備，到苗疆來，目的何在？」

白素深吸了一口氣：「不知道，但是可以推測，一定是老十二天官的記敍之中，有吸引他來苗疆之處——他沒有把這一點告訴你！」

我雙手緊握著拳：「千不該萬不該把那部記錄給了他去先看！」

白素沒有說甚麼——當時她曾阻止過，但是我並沒有聽她的意見。我長歎：「如果那是鐵天音，那麼就算找到了他，也無助於我們尋找紅綾！」

也就是說，在紅綾上了天這件事上，我們是徹底的無能為力了！

我只覺得疲倦之極，連站立的氣力已沒有，於是在那大石上坐了下來，但立即又躺了下來，就這樣仰躺著，一動也不想動。

剛才，已經進了鬼門關，又被拉了出來，自然覺得生命之可貴。但此際，想起若是自此紅綾又再度下落不明，那麼，不知以後的日子怎麼過，反倒不如當時就鮮血狂噴，一命嗚呼算了！

我睜大著眼，望著天空，漆黑的天上，繁星萬點，我一點欣賞的心情也沒有，又捏著拳，在石上重重敲了一拳，就在這一拳敲下去的時候，我竟然看到天上，有火光閃了一閃，彷如火柴頭般大小。

可是轉眼之間，火球已有乒乓球大了。

我張大了口想叫，可是卻一點聲音也發不出來。

何先達和白素兩人，也看到了我神色有異——白素後來說，從來也沒有見過我眼珠突得那麼出過，他們也抬頭向上看去。

等到他們抬頭向上看的時候，那團火光已經有排球大了，可以看清楚，火光之中有一個人。

我出不了聲，可是身子已彈了起來，雙手亂舞，人也向上跳著！

我的動作，已不由我控制，而由一股狂喜的力量所操縱著。

（十一）遇仙

紅綾回來了！

等到我們三人一起叫出聲音來的時候，紅綾離我們的頭頂，只不過一百公尺了——本來，她會落向一公里外我們原來所在之處，但白素取出了電筒，向天照射搖動，而紅綾看來竟學會了使用那「背心」，向我們飛來，在我們的頭上，停在半空之中！

我用盡了氣力叫：「快下來，你這猴頭！」

她多手多腳，幾乎沒害死她的父母，這上下還不肯立刻下來，直是可惡！

紅綾身子一沉，就落了下來。她一落下，就急急道：「我沒事，我很好，怕你們發急，才趕回來說一聲，我立刻要走！」

我和白素急叫：「你到哪裡去？」

紅綾說得飛快：「現在沒時間說，我會回藍家峒，到時告訴你們！」

說到「你們」時，「轟」地一聲，人又冲天而起，我們三人一起躍起，想去抓她，其中自然以何先達跳得最高，可是他一伸手時，紅綾早已升高了幾十公尺，哪裡抓得住她絲毫！

這一次，她冲天而去的勢子，竟然比上次更快！

我們三人落下來時，天際紅光一閃，早已看不見了！

何先達最先出聲：「老天，她……這是成了神仙了還是怎麼著？」

照她這種倏來倏去的情形，說她成了神仙，也不為過。

白素仰頭望著天：「我看她不是成了神仙，倒大有可能是遇到了神仙！」

我怔了一怔，白素一向不是說話誇張的人，她這樣說是甚麼意思呢？

我只略想了一想，就明白了！

白素的意思是：紅綾由那飛行儀器帶上了天之後，見到了外星人！

她為了免我們牽掛（事實上我們幾乎喪命），所以又趕回來向我們報平安。看她來回的方式，她顯然已學會了如何操縱那飛行儀器——若不是外星人教她，她再聰明，也沒有法子學得會！

一想通了這一點，我不禁心頭狂跳，這實在太令人興奮了，紅綾她不久之前，還是全身長滿了長毛的野人，現在不但已成了文明人，而且還有了和外星人接觸的機會，這一切變化，發生在她的身上，她是不是能承受得起？

白素自然也關心紅綾，她也看出了我的心意，她道：「我們女兒的潛力之深，無可比擬，放心好了，她能適應一切環境，會應付任何劇變！」

我嚇了一跳：「你說話好嚇人，不是暗示她會變外星人吧？」

白素給我的大驚小怪逗得笑了起來：「當然不，我的意思是，她會成為一個走在時代尖端的，極其傑出的地球人，她還是我們的女兒！」

我鬆了一口氣，心想，只要她是我們的女兒就好，管她是傑出的地球人還是野人！

何先達也感染到了我們的高興，大聲道：「看，我早說過，紅綾生得有福，不會有兇險！」

我道：「謝謝你——紅綾遇到的……神仙，會不會恰好是她的外婆？」

白素吸了一口氣：「但願是……但願我能見一見自己的母親！」

白素自己也早已是母親了，還那麼想念自己的母親，看來那是由於她自小從來未曾見過自己母親的緣故。很多朝夕相對幾十年的母女，只怕就不會有那麼熱切了。

白素感歎了一聲之後，立時道：「我們回藍家峒去，歸途，可以多走一些路，到二姨的墳上去看看！」

身形高大魁梧的何先達，一聽得白素這樣說，立時全身篩糠也似抖了起來，甚至可以聽到他骨頭因為抖動所發出的「格格」一聲。

我立時重重一拳，打在他的胸口，喝道：「你總要去的，是不是？」

何先達連連點頭：「自然，自然，不但要去，而且要在墓旁結廬而居……長伴……芳魂！我沒有說不去，只是一想起來，身子便把不住發抖！」

他斷斷續續說出了這番話，令我和白素都很感動——他這時武術造詣之高，已經可以說舉世無雙，可是仍然會這樣發抖，可知他內心深處，自責之深，無與倫比！

紅綾雖然倏來倏去，但我們已知她平安，心情大好，我就開始把發生在苗疆和大帥府的一切事，擇要說給何先達聽，那些經過，曲折複雜，地域縱橫萬里，時間半個世紀，聽得何先達張口結舌。

我們三人一面走一面說話，但並沒有放棄警惕，因為我們知道，另外有一個手持先進武器的人在附近出沒，其人行為乖張，目的不明，是一個危險人物。

那人很有可能就是鐵天音。

有時，在聽了我的敍述之後，何先達大是感歎欷噓，我就讓他去發洩一下情緒，趁機和白素交談幾句。

我道：「看來，那人手中只有一枚火箭，不然，紅綾再度來去，他何以不再發射？」

白素點頭：「雖然手提火箭發射器很精巧，但也很沉重，他不可能帶太多，怪的是，他深入蠻荒，為甚麼要攜帶火箭？難道他早已預料到會遇上高速的飛行物體？」

白素的這一問，令得我也大是疑惑，對此，這人（他是鐵天音也好，不是鐵天音也好），到苗疆來，為甚麼要攜帶火箭這樣的武器？

帶著火箭，會使他行動不便，可知必有目的，他知道會有高速的飛行體，他——

我想到這裡，陡然一揮手：「真是鐵天音——老十二天官的記錄之中，一定有關於『神仙』的記載，他知道『神仙』會在天上飛來飛去，所以帶上了火箭——」

說到這裡，我又有點說不下去，因為若是說他有意要把外星人用火箭射下來，那似乎有點說不過去！

白素也皺著眉，顯然她也沒有想通這一點。

這時，何先達才從往事之中，清醒過來，他道：「那次我和月梅來找你們——」

白素搶著道：「我還根本不知道自己的母親是誰！」

何先達長歎了一聲，沒有說甚麼，那一下長歎聲，簡直像是一塊大石壓向聽到的人心頭，使我不由自主，在自己的胸口上搓揉了好一會。

我再敍述往事，有間歇的時候，就和白素討論鐵天音的行為，兩人一致的結論是：鐵天音在老十二天官的記載之中，知道了有「神仙」的存在，也可能知道了和「神仙」聯絡的方法，他到苗疆來，是來尋找「神仙」的！

有了這樣的結論之後，我不禁大搖其頭：「雖然是傳說，但所有的傳說之中，有機會遇仙的人，不會有壞心腸的，像他那樣，用火箭射神仙，若是神仙一還擊，他能抵抗嗎？」

白素道：「這一點暫時想不通，等見到了鐵天音時，他必然有所解釋。」

我沒好氣道：「他還敢來見我們？」

白素沉默了片刻，才道：「他一定會來見我們——他心中並不以為他自己的行為不對，像他這種，在兒童或少年時期，經過殘酷的生活環境的人，會有一種變態心理，認為全世界都虧負了他，他有權向全世界索償！」

白素的分析很有理，鐵天音的童年，正是他父親鐵大將軍自權力的高位上摔下來的時候，必然影響他的心理狀態，變得不正常！

我歎了一聲：「照我想來，他無論如何，難以解釋自己的行為！」

白素沒有再和我爭下去，那時，已經度過了漫漫長夜，到了破曉時分。我們三人的腳步又快，在聽到了河水滔滔的聲音之後，更加快了腳步。所以，當東方幻出了一大片彩霞時，已經可以看到那座「陳月梅之墓」了。

猛哥已經把墓修得很像樣，在墓旁還有一間石屋。在我們走近的時候，石屋中有一個苗人走了出來，見了我很是高興，快步迎了上來。那是一個很紮實的中年人，隔遠就叫：「我叫麻責，猛哥族長叫我來看守這墓的！」

我走過去，拍打他的肩頭：「你可以回去了，回去告訴猛哥族長，一願神蟲要找的那人已找到，他不必到處奔波了！」

那個叫麻責的苗人，聽了大是高興——顯然在這裡守墓，絕非優差，能回苗峒去，當然再好不過。

我在說到「要找的那人已找到了」的時候，伸手向何先達指了一指。

何先達這時，離墓大約有十來步，他不是不動，而是以極慢的速度，一寸一寸地在移動，雙眼睜得老大，胸脯起伏，呼吸急促，雙手緊握。

我知白素都沒有催他，白素自顧自把天亮之後摘來的鮮花，一大簇，放到了墓前，然後和我並肩而立。

何先達慢慢移向墓前，再慢慢地伸出手臂來，抱住了墓碑——猛哥已改立了石碑，刻的就是當日寫在木頭上的字，他把自己的頭，抵在石碑上，抵得極緊，不一會，在他的頭和石碑之間，就有鮮血滲出來！

他不是一頭撞上去，而是用力抵著石頭，以致流血，看來更是駭人，以他的氣力而論，我不懷疑他可以把頭骨壓碎！

我大聲說了一句：「你還沒見過你女兒！」

何先達——我相信他在那一剎間，真是又萌了死意的，被我一言提醒，身子陡然一怔，抬起頭。額上一縷鮮血流下來，樣子甚是駭人。

他聲言發顫：「是，我還沒見過藍絲！」

我道：「我會和她聯絡，要她來看你，我看你不會再離開的了！」

我說著，指了指那石屋。何先達連聲道：「是！是！有現成的屋子，太好了！」

那蠱苗也弄明白了何先達是替代他的人，所以很是殷勤：「這屋及四周，我都施過術，百毒不侵，可以放心打開門睡覺！」

何先達倒不在意這些，他在苗疆遊蕩那麼多年都沒有事，本身早已百毒不浸了！

麻責歡天喜地離去，石屋中設備齊全，還有好幾筒酒，我和何先達喝著酒，何先達的情緒，像是平復了些。多年來，他一直想在苗疆中發現陳二小姐，現在，雖然事實殘酷，但也算是「找到了」。他的悲痛，也有了歸宿，情緒自然也不再那麼激動了。

他把一杯酒，澆在墓上，在墓前跪了下來，我趁機道：「我們告辭了！」

何先達並不挽留，只是向我們揮了揮手，甚至連頭也不回。

我和白素手拉著手離去，走出了老遠，兩人都不說話。我們都在想，何先達這一生，不知如何評述，他若是肯拋開自責，以他武術的高超造詣，還是很可以有一番作為的，但是看來，他這一輩子，是不打算重回社會的了。

白素先開口：「只顧向他説往事，忘了向他問往事了。」

我點了點頭：「是，該向他問當年白老大大鬧哥老會總壇的事。」

當年，白老大在哥老會的總壇，大展神威，最後雖然不免身受重傷離開，當時何先達還是一個少年，但也有幸目睹。據他自己說，他嚇得躲到了桌子底下。雖是如此，當年如此驚心動魄的場面，由親身經歷過的人來說，一定也有聲有色！

白素靜了一會，又道：「不要緊，二姨的墓，總會常來，有的是機會！」

我知道白素的心意——她母親下落不明，生死未卜，阿姨的墓，自然也可以略慰孝思。

因為紅綾曾說「在藍家峒見」，我們心急想見她，所以趕得很急，一路上，兩人都不斷地抬頭看天，希望可以看到紅綾自天而降，或是在天上飛過。

到了第三天中午，離藍家峒已經不是很遠，已有自峒中外出的苗人見到我們。

我招手叫來了幾個，問他們：「十二天官回來了沒有？」

苗人都答：「回來了，昨天晚上回來的，可是……可是……可是……」

眾苗人說得很吞吞吐吐，我不禁大奇，因為苗人性直，很少講話半湯不水的。

我追問：「可是怎麼？」

一個年紀較輕的苗人道：「他們回來之後，就一直躲起來不見人。」

白素細心：「往年不是那樣的嗎？」

那苗人道：「往年，祭老天官回來，十二天官都會問眾人說說祭祀的情形，和說老天官當年遇到神仙之後，自身也升仙的故事。」

另一個補充道：「這次一回來，就甚麼人都不見！」

白素道：「峒主沒告訴他們我們來過？」

苗人道：「峒主根本沒有機會見到他們！」

雖然十二天官在藍家峒的地位極突出，但是他們回來之後，連一峒之主也沒有見過他們，這事情就顯得很不尋常了。我和白素互望了一眼，一時之間，想不出是發生了甚麼事。

我們別過了那幾個苗人——看得出，由於十二天官的行為失常，苗人都有點憂心忡忡。

我們加快了腳步，越過了那道水流湍急的山溪，就看到有不少苗人，三五成群地聚在一起，愁眉不展，見了我們，雖然一樣打招呼，可是在熱情之中，也難以掩飾他們心中的憂慮。

不問可知，苗人的這種情形，也是和十二天官有關的了。我們才一進峒，就有人去報告了峒主，所以又高又瘦的峒主，迎了出來。

我們急急地行了禮，我就問：「十二天官呢？」

峒主順手指了一指，我對藍家峒的一切已經很熟悉，知道十二天官自成一國，十二個人有一座竹屋，和其他苗人的居所，有幾十公尺的距離，峒主這時所指的，正是那幢竹屋。

峒主的神情很是沮喪：「他們一回來，就飛快進了屋，傳出話來，不准人接近，不准人打擾！」

我吸了一口氣：「我……和白素，可以例外吧？」

峒主搖了搖頭，表示他也不能肯定。

我和白素逕自向那屋子走去，到了距離只有十公尺左右時，峒主和幾個苗人，便不再跟在我們的後面。我又走近了幾步，也感到了雖然一點動靜也沒有，可是在寂靜之中，卻有一般神秘之極的氣氛。

我站定了身子，和白素握著手，朗聲道：「十二天官，我和白素來了！」

我可以肯定，只要十二天官在屋子裡，一定可以聽到我的聲音。可是第一遍、第二遍之後，屋子中一點反應也沒有。

那種寂靜，就更令人感覺異樣了。

我深深吸了一口氣，又說了第三遍，並且加了一句：「我們看了老十二天官的記述，發現他們遇到神仙的那一部分，神祕莫測，所以來和你們商量一下！」

當時，我全然不知道有甚麼事發生在十二天官身上，我之所以特別提出老十二天官遇到「金甲神」的事，只是想及這類奇遇，任何人都會有興趣，十二天官是苗人，篤信神仙的存在，自然更容易打動他們的心，使他們不再拒絕和別人接觸——後來，才知道誤打誤撞，我那一番話，恰好和十二天官的近來遭遇有關。

說了那一番話之後，沒有多久，就見到屋子的門打開，有一隻手自打開了一些的門中伸出來，向我們招了一招，示意我們進去。

我們還沒有舉步，就先聽得身後，傳來了許多人鬆一口氣的聲音。原來連峒主在內，許多苗人，都在十多公尺外等著，不敢接近。他們看到十二天官邀請我們進屋去，都猜想事情不會太嚴重，所以才不約而同，大家一起鬆了一口氣。

那門始終不曾大開，我和白素，是側著身子進去的，一進去，門就關上，屋子中很是黑暗。只知道有許多人在，可是卻看不到人，也沒有人出聲。

我們閉上眼睛一會，再睜開眼來，才隱約看到十二天官列成了一個圓圈，圍著我們。

我剛想問究竟發生了甚麼事，白素輕輕用肘撞了我一下，她已開口：「你們可是也遇到了神仙？」

本來，屋中靜極，各人甚至連呼吸都是抑制著在進行的，可是白素此言一出，十二個人一起發出了驚呼聲——有的沉得住氣的，還只是低呼聲。沉不住氣的，我認出其中有嗜酒的牛天官的聲音，那已是毫不掩飾的驚呼！

由此可知，白素説中了！

剎那之間，我的思緒，也不禁很是紊亂，因為近日來，「遇到神仙」的情形，好像很多。

紅綾「遇仙」，十二天官也「遇仙」，我們更推測到鐵天音攜帶了火箭進入苗疆，目的也大有可能是為了尋找「神仙」，不知是不是也已經遇到神仙了。

而令人不解的是，十二天官就算是遇了仙，何以要那麼神秘，看來非但不像是喜事，反倒像是大禍臨頭一樣！

我沉聲道：「恭喜你們了，自然在……神仙那裡，得到了指引！」

我心知，所謂「神仙」也者，就是那一批用扁圓形的飛船來到地球的外星人，我也稱之為「神仙」，只不過是稱呼上的方便。

這時，眼睛適應了黑暗。看出去，不單是影影綽綽人影，也可以看到他們的臉面，個個人都神情凝重，我對十二天官所知更多，也知道其中的龍天官身分與眾不同，可是哪一個是龍天官，這時我也認不出來。

我認出了鼠天官，他們沒有立即回答我的話，我又道：「究竟怎麼了？」

鼠天官一揚手，十二個人齊聲道：「你們是我們的朋友，是不是？」

我雙手一攤：「太『是』了，你們甚至把老十二天官的記述給了我們，這中間，有太多的秘密，只有最親密的朋友，才能分享！」

十二天官的神情，像是放心了些，鼠天官又作了一個手勢，十二人各自坐了下來。牛天官自己坐在地上，卻將一張大竹椅推到了我的面前。

牛天官身形粗壯，他的那張竹椅，足夠我和白素兩人一起坐。更妙的是，椅子兩旁，各有一大筒酒在——牛天官嗜酒，那是他自己的設計。

我先不說甚麼，取下了一筒酒，打開，自己喝一口，遞給白素，白素也喝一口，遞了開玄，等到所有人都喝了一口酒，我才開口。

苗人有「共喝一筒酒」的習慣，這種習慣，可使雙方的關係拉近，變得親密。

我一開口就道：「說說你們遇到神仙的情形！」

鼠天官道：「師父升仙之後——」

他才說了一句，我又想問老十二天官升仙的事，因為這件事也神秘之極，而我所知不多，只是靠鐵天音告訴了我幾句，當然非弄清楚不可。

因為所謂「升仙」，其實就是變成了外星人——白素的母親，就大有可能有同樣的改變。在許多曲折的事情變化之中，那種外星人始終扮演著重要的角色！

但是，我還沒有問口，白素就伸手在我唇上按了一按。我明白她的意思，是讓十二天官一樣一樣地說，別打亂了他們的思想。

鼠天官又重覆了一句：「師父升仙之後——」

停了一會，他再度重覆了一次，而神情和語氣之疑惑，一次比一次更甚。

我忍不住問：「老十二天官的升仙，有甚麼疑問？」

（十二）「缺席裁判」的危險性

鼠天官歎了一聲：「師父升仙，我們並不曾親見。只是那天早上，師父告訴我們，遇仙之後，就已作了升仙的打算，現在是時候了。師父說了之後，就離開了藍家峒，告訴我們他們會上哪兒去。他們走了之後，我們在等了三天之後再出發，到了那山頂之上，看到了十二個師父，各有一件遺物留在一塊大石上，十二位師父人已不在山上。」

他說到這裡，略停了一停，才道：「師父以前曾告訴過我們，成仙升天的方法有許多種，他們的那種情形，看來像是『肉體成仙』，『白日飛升』。」

我吸了一口氣，老十二天官如此神秘消失，情形和烈火女有所不同，但和白素的媽媽消失不見的情形，則比較接近。

白素也想到了這一點，所以更是關切。

鼠天首又道：「知道師父升了仙，我們又是傷心，又是高興。這些年來，我們心中，一直懷有希望，望神仙渡了師父，也能來渡我們，或者，師父再回來，教我們如何成仙，所以，每年師父成仙之日，我們都要到那山頂上去住上幾日，希望有奇遇，但每年都是徒勞往返。」

我忍不住問：「可是今年有了發現？」

這句話一問出口，黑暗之中一片寂靜，只聽到各人發出濃重的呼吸聲。

過了好一會，只見牛天官老大的身軀，先擺動了一下，然後，聽到他粗聲粗氣地道：「沒等到神仙，也沒等到師父，卻等到了一個極可怕的人！」

在黑暗之中，我感到白素捏了一下我的手，示意我不要多問，讓他們自己說。

我心中一方面滿是疑惑，一方面也大為吃驚——十二天官見到了一個極可怕的人，那人必然真的可怕之極，要不然，他們不會回到峒來，還表現失常，餘悸猶在！

那人究竟可怕到甚麼程度，以致身手不凡的十二天官也為之震慄。

一個女人聲，多半是蛇天官出聲道：「若不是我們見機，這上下，也怕非但成不了仙，而且已進入了鬼門關了，真奇怪，那人怎麼千揀萬揀，會恰好揀中了師父成仙的那個山頭？」

我聽到這裡，心中一跳，脫口問道：「那可怕的人，竟是自天而降的嗎？」

鼠天官道：「是，不過不是神仙那樣下降，而是和你們一樣，駕著……駕著……」

我提了一句：「直昇機。」

鼠天官道：「是，直昇機，才一出現的時候，我們還以為是藍絲回來了，或是你們來了，後來看出，那直昇機樣子不像，猴天官最機靈，是他說不知來的是甚麼人，先躲起來比較好，大伙聽了他的話，在那山頂上，我們地形再熟不過，找到了一個山洞，洞口有籐蔓掩遮，裡面可以看到外面，外面不易發現。才躲了進去不久，那直昇機就直落在山頂的石坪上，自機中走出一個人來。」

鼠天官說到這裡，歇了一歇，順手一指，被他指中的那個天官就接了下去：「這人才一出現，我們就打了一個突，那人一身綠色的花衣服，戴著蛋殼一樣的鐵帽子，大皮靴，手中有……鎗！」

我聽到這裡，也大是緊張，失聲道：「是一個軍人？」

十二天官一起答應，白素伸手比了一比：「他手中的鎗，可是有那麼長短？」

十二天官又一起道：「是，那是甚麼鎗？好厲害！」

我更是駭然：「他向你們開火了？」

照白素所比的大小來看，正是半自動步鎗的大小——白素已想到，那直昇機中下來的人，就是殺銀猿，射紅綾，在山洞中掃射骸骨的那個瘋子（大有可能是鐵天音！）

牛天官道：「那倒沒有，可是我們對軍人……一直很反感——」

出聲的蛇天官補充：「有敵意，我們的師父就是叫軍隊趕進來的！」

十二天官雖然和軍隊沒有接觸過，可是他們的師父，老十二天官，卻曾和鐵大將軍率領的軍隊，有過強烈之極的鬥爭。

可以想像得到，雖然在長期的苗疆生活之中，他們的心態已漸趨平靜，但是必然不能完全消除對軍隊的厭惡心裡——這種心理，自然也影響了如今的十二天官。

又有一個天官補充道：「而且，那個軍人是瘋子，他下機之後，在山頂上轉了一轉，他不會看到我們，也就是説，他不會知道山頂上有人，可是他還是向著石頭樹木開鎗，鎗口噴著火，子彈亂飛，鎗聲震耳，也不知他想打甚麼，打了好久，一面打，一面叫——」

我聽到這裡，立即問：「他叫甚麼？」

十二天官又呆了一會，一個天官才道：「他叫的不是苗語，我們聽不懂，但是我記性好，他叫的來來去去都是那兩句話，所以我硬生生記了下來！」

我和白素由衷道：「真是了不起的本領！」

那位天官受了稱讚，十分高興，吸了一口氣，模仿著那軍人所叫的：「真有神仙？真有神仙，出來！我來找你了，出來！出來！」

他的模仿能力很強，連語氣中的那種憤慨，也學得很像。我和白素聽得面面相覷，雖然憑這兩句話，不能肯定那軍人的身分，但是他必然憤世之至——

神仙有甚麼地方得罪他了，他竟然用這樣的口氣，要喝神仙出來？

而那位天官接下來所說的，更令人吃驚：「他一面叫，一面掃射，還好我們早早躲了起來，不然，成為他掃射的目標，非全成蜂窩不可！」

他說到這裡，停了下來，黑暗之中，十二天官各自目光灼灼，望定了我們。我和白素，也好一會出不了聲。

這軍人在山頂上的行為，和他射死銀猿，在山洞中亂鎗掃射，一見「神仙」就發射火箭（他以為紅綾是神仙）的種種行為，一脈相承，所以可以相信是同一個人。

我先開口：「這個人，是一個瘋子，很不正常，極其危險，他手中又有厲害的武器──」

鼠天官接上口：「而且，他又是軍人……他可能引更多的軍人到苗疆來，要是大批的軍隊來了，我們平和安靜的生活就……就……」

他說到後來，聲音很是悲戚，像是大禍臨頭一樣。

我聽到這裡，不禁對十二天官肅然起敬──他們自山頂回來之後，行為失常，看來不是為了他們自己在山頂沒有遇仙，而是擔憂苗族的命運！

我吸了一口氣，用很是肯定的語氣道：「放心！這個人的行動，是他個人的行為，他甚至不是軍人，只不過穿了軍裝而已！」

蛇天官的聲音，一貫尖利：「那直昇機上，有著紅、黃兩色兩色軍方標誌！」

為了使他們安心，我不得不透露一些內幕：「這些裝備，相信都是這個人從軍方，憑他的私人關係借來的——這人很有來歷！」

十二天官同時發問，問題分成兩派，一派問：「你認識這個人？」另一派問：「這人是甚麼人？」

我笑了一下，想故意令氣氛輕鬆一些，可是看來並不是很成功，十二天官甚至摒住了氣息，等我的回答。

我道：「好，先形容一下這軍人的樣子，好讓我肯定一下，他是不是我們懷疑的那個人！」

十二天官立時爭著說了起來，形容詞加起來，那是一個「個子不高，膚色很白，長臉，腮有點鼓，濃眉，鼻高」的人。

一切形容，都和我們認識的鐵天音吻合。

我望了白素一下，白素點了點頭，表示和我的看法一樣，我這才道：「這人是我一個老朋友的兒子，身分是醫生，他的父親，曾經是大將軍，我們不知道他到苗疆來幹甚麼，猜想是為了找神仙，我們會努力找他出來，弄清楚他來的真正目的。他不會破壞苗疆的寧靜——也不會容許他那樣做！」

由於我說得很是肯定，而十二天官又對我崇敬，所以我這一番話說完，就聽到了他們齊齊鬆了一口氣的聲音。

我又道：「你們快點露面吧，所有人因為你們躲了起來而不安！」

鼠天官嘆了一聲：「我們認為大禍臨頭了，所以才要商量如何對付！」

我用力一揮手：「沒有的事！」

十二天官忽然齊聲，發出了一下呼嘯，突如其來，頗令人吃驚，但也可以聽出他們真正放了心。而且，在外面，也有許多下呼嘯聲發出，十二天官打開門，大步跨了出去，陽光自打開的門中射了進來，眼前大放光明。可是我和白素的心情，卻絕不輕鬆。

那人是鐵天音，已經可以肯定了！

鐵天音何以會來到苗疆，也幾乎可以肯定了——他必然是在那部記錄之中，看到了老十二天官遇仙的記錄之後，知道了幾處「神仙出沒」的地點，以及神仙有寶物留下來的記載。

所以，他到苗疆找神仙來了！

他先前告訴我的，甚麼在知道了大秘密之後，想去用秘密交換一批人的釋放等等，十之八九，全是謊話！

他隱瞞了他在記錄看到的有關「神仙」的資料，因為他要獨自到苗疆來找神仙！

他沒有料到我、白素和紅綾也會重臨苗疆！

而現在，十分重要的一點是：鐵天音是不是知道我們也來了？

這個人的行為如此可怕，知道我們也來了，他會用甚麼手段對付我們？

（我對鐵天音的反感，已到了極點，所以在想到他的時候，甚至不願意想到他的名字，而用「這個人」來替代。後來，我發現白素自始至終，都比我客觀得多。

（白素後來語重心長地說了一句：「缺席裁判，是一件很危險的事！」）

（我心中雖然不服，但是也無言以對。）

他一心來找神仙，看來未能如願，但是紅綾卻在無意之中，和神仙有了聯絡，這會不會使這個變態人產生瘋狂的妒嫉？

在這樣的情形下，他會有甚麼行動？

更可怕的是，他有著極具殺傷力的武器，誰知道他那小直昇機中有多少武器在。要是他發起狂來，一人一鎗，隨便闖進哪一個苗峒，對這個苗峒來說，都是天大的災害，所以十二天官憂心忡忡，為藍家峒的命運擔心，不是沒有道理的！

別說普通苗人，就算是猛哥族長，十二天官，甚至武功絕頂的何先達，撞見了這個人，都是極大的危險！

想到這裡，我不禁感到了一般寒意，失聲道：「非把他找出來不可！」

我在思索的過程之中，雖然一句話也沒有說，可是隨著思緒，時而皺眉，時而咬牙，種種表情，都在臉上呈現，白素自然可以知道我在想些甚麼。

所以，在我叫了一聲之後，她立刻就道：「一個人要是在苗疆中不想現身，誰也不能找他出來！」

我當然知道，要在千山萬壑的蠻荒之地，找一個人，絕不是容易的事，但是我還是道：「他對於苗疆生活一點也不熟悉，他只是靠軍用物資在維持，不能長久！」

白素吸了一口氣：「別低估了他行事的毅力，他能單身入苗疆，已經需要極大的勇氣。」

我「嘿嘿嘿」乾笑三聲：「帶了火箭機鎗，坐直昇機來苗疆，這叫勇氣？」

白素搖了搖頭，沒有說甚麼，我也不知道她搖頭是甚麼意思，我再次重申：「有這個人在，是地方上的一大禍害！十二天官擔心得有理！」

白素歎了一聲：「直到如今為止，他除了欺騙了我們之外，並沒有做甚麼壞事！」

我提高了聲音：「他殺了那兩頭銀猿。」

白素默然不語，我和她，由於紅綾的關係，對於靈猴，自然都有特別的感情。而苗人，由於對「神仙」的尊崇，自然也十分善待靈猴——這一點，可以從他們見到了兩頭銀猿的屍體之後的震驚上看出來。

我和白素到藍家峒的時候，身後跟著兩頭猿猴，負著銀猿的屍體，所有的苗人見了，神色無不駭然。

一進藍家峒，就遇上了十二天官行為異常的事，也不知苗人如何處置銀猿的屍體了。

白素沉默了片刻，才道：「對不明究竟的人來說，那也只不過是兩隻猿猴！」

我不想和白素爭論下去，一揮手，向外走去，一面走，一面道：「他太明究竟了——他知道有神仙，有靈猴，有烈火女骸骨的山洞，有神仙降落的山頂，他全知道，言一切，都在老十二天官的記錄之中，他有備而來，他是故意殺死銀猿的！」

我走到屋外，已看到兩頭銀猿的屍體，已被放在堆疊起的柴堆上，有不少人圍著柴堆，十二天官也在柴堆旁，有的苗人，手中拿著火把，看來只要我一點頭，他們就會把猿屍焚化。

十二天官轉頭，看到了我和白素，他們又一起迎了上來，個個神情疑惑之至，我先道：「就是你們看到的那個軍人做的！」

十二天官齊聲驚呼，牛天官失聲道：「連神仙的靈猴他都敢殺，這……這……」

牛天官的恐懼，迅速傳染給了其餘的十一個人，而這種恐懼心理，會極快地蔓延開去，會令得整個藍家峒人心惶惶，再也沒有平靜生活可言。

我雖然看出了這個危機，可是一時之間，卻想不出應付的辦法來。

而白素在這時，現出了她非凡的才能，她提高了聲音，朗聲道：「所以，神仙一定不會放過他！」

只是極簡單的一句話，立時首先令得十二天官鬆弛了下來，本來已現出恐慌神情的苗人，也都大大地鬆了一口氣——他們都深信神仙的所在，自然也相信神仙的能力，足以對付任何惡人！

連我也鬆了一口氣，轉身向白素行了一個敬禮。十二天官齊聲道：「紅綾知道了，她一定傷心透了！」

我道：「是很傷心了一陣子，不過有極好的事發生在她的身上——她遇到神仙了。」

這句話一出口，十二天官先是一呆，接著，齊聲歡呼，呼聲震耳。

他們自己多少年來，一直想遇到「神仙」而不果，可見一聽到紅綾遇上了神仙，他們的高興，真誠熱切，是真正代紅綾高興！

接著，他們又七嘴八舌，問了許多問題，可是我和白素，也都不知道，只好指著天上：「她說不定甚麼時候，就會全身冒著火光，自天上飛下來，那時，你們自己去問她好了！」

十二天官歡欣鼓舞，一下子就把這消息傳了開去，人人都高興呼叫。

峒主也愁顏盡去，過來問：「點火？」

白素吸了一口氣：「有沒有空置的屋子？把銀猿搬進去，我還有點事要做。」

我向她望去，她神情堅決地點了一下頭，表示她非如此做不可。

我心知白素一直想弄清楚外星人在銀猿的腦部進行了甚麼手術，從而進一步弄明白她母親的遭遇。這時我心中想，紅綾和那種外星人已有了接觸，待她回來之後，必可真相大白。

但是我也沒有再阻止白素，因為若是一定要把銀猿的頭蓋打開來看，趁紅綾還沒有回來的時候做這件事，比較好一些。所以，當兩頭銀猿被移到一間空房子的時候，白素又吩咐苗人準備了一大捅水和一些工具，我也跟了進去，低聲問：「要不要向他們借兩把好苗刀？鋒利得很！」

白素搖頭：「不必了，我有利刀，你也有，不會比苗刀差，免得他們大驚小怪，以為我們想吃猴子肉……」

說著，她已取出了她的那柄匕首來，那柄匕首形制很小，刀刃只有三寸，被稱為「掌心雷」，是兵器之中最小的一種。白素的那柄，精緻之極，在柄上鑲有各色寶石，據白老大告訴我，那是西域巧匠所鑄，曾為香妃（小說中的「香香公主」）所有，我自然連連點頭，表示相信。

不過這匕首很鋒利，倒是真的，白素輕易不用，再也想不到，這時會用來解剖猴子的腦袋。

我的那柄匕首較大，所以負責撬開腦蓋的工作，沿著舊手術的痕跡，才一揭開腦蓋，我就不禁佩服白素堅持要這樣做，確然大有道理。

因為在銀猿的腦部，頭蓋骨之下，赫然有十公分見方的一片網，閃耀著金屬的光芒，罩在猴腦之上。

白素用匕首的尖，去輕輕挑了一挑，一下子未能將之挑起來，看來在網下面，還有不少細小的物體，是植入猴腦之中的。

外星人在銀猿腦中所做的手術，竟然精細到了這種地步，真是始料不及。

我看到白素縮回手來，神情猶豫，就道：「總要把這東西取下來的！」

白素遲疑著：「或許應該讓專家來做，我怕我們動手，會造成破壞！」

我笑了一下，剛想說「有人說衞斯理是破壞專家，再破壞一次，也不算甚麼」，可是話沒有出口，已聽得許多人大呼小叫，人聲鼎沸，迅速自遠而近傳來，分明是苗峒之中，發生了重大的事故，已形成了混亂。

我和白素才直起身來，就聽得轟雷也似一聲大喝，一個粗豪之至的聲音接著叫：「我是藍絲的父親，不信問衛斯理，他在哪裡？」

當那一下巨喝聲傳來之際，我已聽出，那是何先達到了，他用四川話在苗峒大叫大嚷，嚇人是夠嚇人的，可是誰又能聽得懂了？

我連忙打開門，因為這事拖延不得，要是雙方起了誤會，那就不可收拾了。

門一打開，就看到在空地上，十二天官如臨大敵，圍成了一個圈，圈外還有許多苗人。在何先達發話時，各人都算是靜了下來。

何先達當然被圍在圈子之內，可是在他身邊，卻另外還有一個人，這個人正在大聲叫：「衛斯理，衛斯理，我們來找衛斯理。」

這人說的是很生硬的「布努」，隔得遠，我其實是看不清那人的臉面，但是他一出聲，我卻立即聽出了他是甚麼人——那當真是意外之至，就算在何先達身邊是一個千年僵屍，我也不會更意外了！

白素也早已到了我的身邊，她也感到了意外之極，低聲道：「鐵天音！」

我明明知道在何先達身邊的是鐵天音，可是我還是不受控制地搖了搖頭，表示不可能——我們剛才還要千方百計把他找出來，唯恐他在暗中害人，他怎麼反倒大叫大嚷地找上門來了？

我轉頭向白素望去，白素反倒像是不覺得怎樣。這時，何先達和鐵天音也看到了我們，何先達直上直下，跳起了至少有兩公尺，向我揮著手。

而鐵天音的動作，更叫人吃驚，他高舉右臂，揮動著，他的右手上，赫然抓著一柄半自動步鎗——當然就是那柄鎗，射殺了銀猿的。

他竟然這樣肆無忌憚，剎那之間，我想到的是：「會不會何先達受了他的脅迫，所以才會和他一起出現在藍家峒，目的是他恃著有武器，可以對付我們！

何先達跳起來，鐵天音揮動步鎗，目的自然是要吸引我的注意，我已確然注意到了，可是一時之間，我卻不知如何反應才好。

（十三）逼出來的瘋病

白素在這時候，先低聲道：「別緊張，我想你想錯了一些事。」接著，她朗聲道：「天官，這兩位是自己人！」

白素的話一出口、苗人、十二天官和何先達、鐵天音之間空前地緊張的氣氛，立時不再存在，一下子散了開來，我這才看清，鐵天音身上穿著的是軍隊的迷彩服，背上有一隻老大的背包，足登皮靴，那正是十二天官在山頭上看到的鐵天音。

十二天官一散開之後，身法快絕，一下子就來到了我的身前，望著我，神情疑惑之極。我無法解決他們心中的疑惑，因為我自己心中也疑惑不已——何先達當然是自己人，那鐵天音又算是甚麼自己人了。

所以，我把十二天官疑惑的眼光，再加上我的，一起給了了白素。

白素也無法解答，因為何先達和鐵天音也已走向前來，反而是鐵天音先開口，他竟然顯得興高采烈，很是興奮，朗聲先叫我們：「衞叔，素姨，我在河邊遇到了何老，才知你們也來了！我就請他帶來見你們！」

他在這樣說的時候，把半自動步鎗擱在肩上，鎗口向後，狀甚瀟灑。

我一生之中經歷的古怪場面已經夠多了，可是也未覺有古怪過現在的。

難道這小子真是大奸一惡到了這一地步，還是他不知道我們已知悉了他的所作所為？

我那種目定口呆的情形，一定十分怪異，鐵天音也立刻注意到了，他「咦」地一聲：「衞叔不舒服？」

我悶哼了一聲：「是，不舒服至於極點！」

鐵天音用力一揮手：「有一個消息，一定會令你高興，我可以肯定，有外星人在活動，我不但看到了外星人留下來的……一樣東西，還看到了全身發光的外星人直飛上天，我向他射了一枚火箭，竟然沒射中。」

聽得他說得如此興高采烈，我更是無明火起：「要是射中了，又怎麼樣？」

鐵天音見我問得聲色俱厲，他不禁呆了一呆，一副不明白的神情，向白素投以求助的眼色。白素沉聲道：「照實說就是。」

鐵天音道：「外星人怎會沒有辦法對付地球上那樣簡單的武器，我是想吸引他的注意，知道有一個地球人發現了他，希望和他相會，這正是我來苗疆的目的。」

我聽得有點發怔，白素低聲道：「他根本不知道飛上天的是紅綾！」

我仍然寒著臉，鐵天音叫了起來：「怎麼啦？人不能做一次錯事，我撕去了一些記錄，就像是一直在犯十惡不赦的大罪了！」

聽得他這樣說，我怒極反笑，側身讓了一讓：「你自己進去看。」

鐵天音在這時，也很有點負氣，一副「進去就進去」的神情，仍然把步鎗放在肩上，略聳了聳背包，在那時候，我發覺背包的一邊，和他背部的衣服上，都染有不少血跡。他一在我身邊經過，我立時轉身，跟在他的後面。

這是一個很有利的位置——如果他在突然之間，想使用武器的話，我就可以先下手為強。我發現何先達立即和我採取了同樣的行動，所以鐵天音在無形之中，是被我和何先達「押解」進去的。

何先達曾經聽我和白素說起過鐵天音的行為，他帶鐵天音來藍家峒，自然也有把他帶來聽我處置之意在內。

白素緊跟在我們身後，她在入去之前，又曾安慰了十二天官幾句，所以十二天官沒有跟進來。

一行人，當然是鐵天音最先進屋，任何人一進了屋子，就可以看到放在竹架上的兩頭銀猿，鐵天音也不例外，他發出了「啊」地一聲，一下子就來到了那頭蓋骨被揭開了的那頭銀猿之前，目光盯在那個金屬網口，伸手輕輕掀了一下，現出了欣賞之極的神情，連連讚歎。

我想向他厲聲責問，但是好幾次，都是一提氣，還沒有出聲，就被白素用力拉了我一下手阻止。

至少有兩分鐘之久，沒有人出聲。還是鐵天音率先開口，他抬頭向我望來，像是忘記了我和他之間有齟齬存在，他神情興奮，連聲音也有點變了樣：「看到沒有？太奇妙了！一點也不錯，外星人曾在銀猿的腦部，動過手術！」

白素居然和他討論起來：「依你看來，這手術的作用是甚麼？」

鐵天音道：「人類醫學上從來也沒有過這樣的手術，所以我也只能靠想像，看，有許多細絲，深入腦部，照我的想像，那是一種程式，一種植入腦部的程式。」

白素聽得很用心，而且連連打手勢，不讓我插言，她追問：「程式，是甚麼意思？」

鐵天音歎了一聲：「正如衞叔常説的那樣：人類行為中從未出現過的事，就很難用人類的語言來表達，只好打譬喻。這種手術，在猿腦中植入了活動的程式，就像是電腦輸入了軟件，或者是機械人輸入了活動程式一樣，使猿腦接受訊號，按照程式的指令去做事──那些事，猿猴本來是不會做的。」

白素道：「例如，要牠們照顧一個嬰兒？」

我焦躁起來，冷冷地道：「很好的設想，但顯然不是很成功，受照顧的嬰兒變成了一個野人！」

鐵天音竟然很認真地和我討論：「那已是最好的情形了，衞叔，你不能期望猿猴培養出哲學博士來的！」

我冷笑：「一點也不幽默——為甚麼沒有人討論一下這兩頭銀猿，是怎麼死的？」

那兩頭銀猿，是鐵天音射殺的，那已是毫無疑問的事，因為苗疆之中，不會再有人持有半自動步鎗。

鐵天音一聽我提出了這一點來，神情黯然，歎了一聲，指了指一頭銀猿：「這一頭，被那一頭射死，那一頭見闖了禍，自己又射自己，我在一旁，自顧不暇，所以沒有能力制止這場悲劇，怪的是，他們中鎗之後，還發出可怕的叫聲，竄了開去，我想去找牠們，已沒有蹤跡可尋了！」

他這番話相當長，我好幾次要打斷他的話，都被白素阻止，到後來，白素甚至在我的身後抱住了我，非但不讓我說話，而且不讓我有行動！

好不容易等他講完，我才暴喝一聲：「你在說放甚麼屁！你——」

鐵天音那神情又驚又怒：「你不相信我的話，我為甚麼要撒謊！」

我聲色俱厲：「你一直在撒謊！」

鐵天音用力搖著頭，神情變得又難看又可怕，面色血紅，額頭青筋綻起老高，他不但搖頭，而且身子也開始劇烈搖擺，他的聲音也變得嘶啞，他在叫：「別逼我，不要逼我！」

我看到他還想要賴，像是全世界都對不起他一樣，更是無名火起，用力一掙，掙脫了白素的懷抱，一步跨向前，已準備重重摑他兩個耳光再說。可是也就在這時，白素的行動比我更快，她竟然一下閃到了我的身邊，橫肘向我就撞。

我再耳聽八方，眼觀四路，提防各方面來的突然進攻，也斷然無法料得到白素會向我突襲，當然無法避得過去。

白素的這一撞，力道着實不輕，撞在我的脅下，其痛徹骨，肋骨都幾乎被她撞斷，身子也踉蹌向後跌出，自然無法完成摑打鐵天音的行動。

白素突然發難，橫肘撞開了我，同時急叫：「姨丈，抱住他！」

我看得很清楚（雖然那時我吃了一肘，又痛又驚），何先達的行動，在白素叫喝之前，他疾如勁風，一下子來到了鐵天音的身後，把鐵天音連臂抱住，並且把鐵天音的身子抱了起來，使他雙腳離地。

鐵天音發出可怕之極的吼叫聲，滿面汗珠滾動，雙腳亂踢，腳後跟撞在何先達的身上，何先達一身武功，自然不會在乎。

白素已到了鐵天音的身邊，柔聲道：「放鬆些，孩子，放鬆些，沒有人逼你，你衛叔只是魯莽了些，一點小誤會，沒有人逼你，你是好孩子。」

白素聲音之溫柔，和鐵天音發出的吼叫聲之可怕，成為極強烈的對比。鐵天音不但吼叫，而且在拼命掙扎，但是何先達的雙臂，既然抱住了一個人，這世上也就沒有甚麼人可以掙得脫了！

鐵天音這時的情形，簡直就像是一頭瘋了的猛獸！

一想到「瘋」這個字，我心頭陡然如同被重鎚敲了一下，不由自主，發出了「啊」地一聲，同時，伸手在自己頭上打了一下。

那時，我還沒有意識到自己對鐵天音的判斷，幾乎百分之百錯誤。但是至少，我已看出鐵天音這時的情形，正是一種可怕的疾病。這種精神方面的病症，發作起來，人根本無法自己控制自己，會處於一種瘋狂的狀態。

有這種病症的人，甚麼時候發作，也難以預料。但一般來說，在受到強烈的刺激時，就會發作。

鐵天音竟然患有這種間歇性的性格分裂瘋症，這全然出乎我的意料之外！

白素一面在不斷向鐵天音說著話，一面向我投來很是嚴厲的責備眼光。

我立刻知道自己應該怎麼做，我走向前去，鐵天音睜著血紅的眼睛瞪著我。

我先歎了一口氣，伸手在他頭上拍了拍：「你這算是幹甚麼？我是你的衛叔是不是？就算說錯了甚麼，想錯了甚麼，你就這樣子，我這就算逼你？」

我用溫和的語氣責備他，很有效果，鐵天音先是停止了掙扎，接著，大口喘氣，頭臉上汗如雨下，何先達鬆開了手，放他下地，伸手按在他的頭頂。

過了好一會，鐵天音的呼吸，才恢復正常，全身上下，透濕透濕。

白素過去，替他解下了背包，我立即看到，他背部，近在肩頭，衣服裂了一大片，肩上綁著布條，還有血從布條中滲出來，看來不但曾受過傷，而且傷得不輕，他用來裹紮傷口的，也是軍用的急救包，那當然不是很好的治療方法。在鐵天音身後的何先達，一手仍按在鐵天音的頭上，一手已把紗布扯了開來：「我有極好的金創藥。」

武林中人，把醫治外傷的藥叫「金創藥」，沒有人會懷疑何先達的話。

而在綳帶一扯開之後，所有的人都吃了一驚，他背上的傷痕足有二十公分長，很深，看來是被甚麼利器割傷的。更奇的是並行的有三條之多，本來可能已有好轉，但是剛才那一陣掙扎，令得傷口迸裂，鮮血淋漓，很是可怖。

何先達取出一隻竹筒，傾出一種深綠色的粉末，倒在傷口之上。

傷口本來皮開肉綻，那種粉末一沾上去，竟有拉緊傷口的能力，很快地就變成了三道血痕，鐵天音也在這時，長長地鬆了一口氣。

何先達指著傷口，說得很簡單：「獸爪所傷。」

我心頭又是一凜，自然而然，向銀猿望去，銀猿的爪極銳利，正可以造成這樣的傷口。

鐵天音在吁了一口氣之後，抬起頭來，白素已在他的背包之中，找出毛巾來，他接了過來，一面抹汗，一面道：「我爸曾說過，我的瘋病，如果遇上真正的內家高手，可以有得救，看來我是得救了。」

我和白素齊聲道：「你怎麼一直不告訴我們你有這個毛病？」

鐵天音苦笑：「那又不是甚麼光彩的事，那是我小時候，甚至不是少年，而還只是兒童的時候，被那場大瘋狂逼出來的，不但我爸的雙腿被打斷，過去的功勞全變成了罪行，連我這個兒童都不肯放過，一樣要對我施酷刑……就是這樣逼瘋的！」

他說得頗是平淡，但是卻可以令聽的人，感到陣陣寒意。

他又道：「我沒有對所有人說，是因為我運用自己的意志力，已經可以把病情作一定程度的控制，控制在完全沒有人的情形下，才盡情發作——那種發洩，對病情的好轉，很有幫助，最近，我就盡情發作了兩次——」

白素歎了一聲：「一次在一個山頂，你從直昇機下來之後。另一次，是在一個有許多骸骨的山洞中？」

鐵天音現出極訝異的神色，點了點頭。

在那一剎間，我不禁閉上了眼睛。

在看到了那個山洞遭到了瘋狂掃射的情形之後，我們立刻斷定那是一個危險之極的瘋子行為。確然，那是瘋狂的行為，但卻是一個有著嚴重疾患的人，運用了無比堅強的意志力所造成的生命奇蹟。

天知道鐵天音是怎麼可以做到這一點的——他全然沒有害人之意，只是可怕的童年殘害了他的腦部，他得有定期的瘋狂宣洩。

鐵天音沒有問我們如何知道，只是道：「剛才衞叔一表示不相信我的話，我在剎那之間，又失去了控制，幸得何先生救了我。」

我再次閉上眼睛，實在不能想像，剛才要不是白素那一個「肘鎚」，把我撞了開去，而是我一掌摑中了鐵天音的話，會有甚麼結果。

一時之間，我們都無話可說，鐵天音聳了一下背部：「這傷藥真好——我一出現，人人像是對我都有敵意，是甚麼緣故？」

我沉聲道：「我們——主要是我，想錯了一些事！」

鐵天音揚眉：「哦，把我想成怎麼樣了？」

我並沒有回答他這個問題，只是道：「先說你，為甚麼一聲不響到苗疆來，為了甚麼？」

（事後，衞斯理對白素道：「若是那時，把我對他行為的評估告訴他，只怕他一怒之下，再也不肯把經過說出來——人遭到了大冤屈，反倒會不想辯護了！」）

（白素的回答是：「缺席裁判，危險之至！」）

當時，鐵天音答得很快：「我到苗疆，是想見老十二天官記錄中的『神仙』——自然就是外星人。」

他說到這裡，門推開，十二天官走了進來，牛天官拿著一大筒酒來敬我們。剛才屋子裡叫得天翻地覆，他們在外面自然聽得見，但他們直到靜下來了才進來，足見他們對我們的尊重。

大家輪番喝酒，我和白素趁機把銀猿的頭蓋骨合上，再用兩幅布把牠們遮蓋了起來，我道：「天音，是不是說來話長？」

鐵天音道：「可以那麼說。」

我道：「何不換一個舒服點的地方？」

鼠天官立時道：「到我們那裡去！」

所以一切事，都是由老十二天官的記錄起的，在十二天官的所在，把事情告一段落，倒也適合。所以一干人等，就來到了十二天官的屋子中，揀了最舒服的一張椅子給鐵天音，還給他的背部，找了一個軟墊子。

鐵天音看了眾人一眼：「我所說的，沒有秘密，只是有一些，是我個人的想法，會很悶，不愛聽，可以隨時離開，不要緊。」

各人並不離開，我、白素和何先達，也蒙十二天官讓出了椅子，各人都靜了下來。

鐵天音先望向我：「我沒有向你透露我要到苗疆來，是因為對於見……外星人，我一點把握也沒有，沒有必要拖你下水。」

我想追問一句「你想見外星人的目的是甚麼」，但想及我對他的行為，曾有過嚴重的誤會，還是不問的好，所以話到口邊，又縮了回去。

鐵天音續道：「至於我見外星人的目的，說出來更會惹人笑，所以還是不對人說的好。」

他突然說會「惹人笑」，可是他在這樣說的時候，神情卻嚴肅之至。他才經過了一番折騰，臉色蒼白，但是烈酒入腸，雙頰又有兩團紅暈，看來很是奇詭。

他放慢了聲調，一字一頓：「我想在見到了外星人之後，懇求他們幫地球人剷除地球上一場禍害的根源——他們既然是神仙，一定可以有辦法做得到，就算一下子做不到，逐步進行也可以！」

聽得鐵天音這樣說，我不由自主張大了口，因為又實在太意外了！

鐵天音這個人的行為，簡直無法以常理來推測——我已經錯誤地推測了他的行為，而更絕料不到他會說出這樣的一番話來。

這一番話，說是深奧也好，說是玄妙也好，總之聽了令人莫名其妙。

看各人的反應，都和我一樣——十二天官在白素翻譯了之後，也各自翻著眼。

我也一字一頓地問：「你所謂地球上一切災禍的根源，是甚麼呢？」

我的這一個順理成章的問題，卻像是向一大堆火藥點著了火一樣，鐵天音陡然炸了開來，雙臂揮舞（何先達按住了他的右手），聲音高吭，先沒頭沒腦地叫出了兩個字來：「權力！」

接著，他重覆地叫著：「權力！權力！」

一口氣叫了十聲八聲，聲音一下比一下高，神情一下比一下激動。

他終於下了結論：「權力是一切禍害的根源，有這個禍根在，人類就離不開災難！」

我想插言，但為白素所阻，於是接下來的時間，就成了鐵天音一人的獨白。

他先自問自答：「權力是甚麼東西？無影無踪，無聲無色，看不見摸不著，可是它就存在於一些人的手裡，屬於極少數人所有，人類就得聽命於這少數掌握權力的人。甚至沒有人可以說得出，權力最初是怎麼產生的！那是一個怪物，是一切禍害的根源！」

說到這裡，他喘了幾口氣，白素照用布努翻譯，十二天官根本不明白。

我同意鐵天音的說法，事實上，這種說法，已絕非鐵天音所首創，是很普通的道理，只不過鐵天音把它實際化，想通過外星人的力量，來消除「權力」這個禍根，有點怪異而已。

鐵天音先是直視著我，接著，抬頭向天：「沒有人再比我清楚權力的可怕，沒有人再比我清楚權力能造成的禍害有多大，有多深，沒有人比我再清楚，權力是如何阻礙著人類的進步，也沒有人比我更清楚，為了爭奪權力的鬥爭是多麼血腥、卑鄙、慘烈和泯滅人性！」

我鼓了幾下掌：「你很清楚這一切，是因為你自小就經過權力的興衰和轉移——可是你怎麼認定外星人可以為地球剷除這個禍根？」

鐵天音那回答是：「我不知道，我不確知，我只是這樣想、這樣希望。我早說過，我的這個想法，是很惹笑的，所以我不會向任何人說起，只是自己一個人默默地去做，雖然虛無飄渺之至，但是有一個人朝著這希望在進行，總比全人類明知禍根存在，卻不想去消滅它好！」

鐵天音的想法，倒不能說是「惹笑」，倒可以說是有一股狂熱，一種近乎悲壯的狂熱，性質和夸父追日差不多——只要有千億分之一的希望，他就不惜化巨大的代價去追求這千億分之一的希望成為事實。

我把我的想法，不加掩飾，說了出來，鐵天音搖頭：「哪有夸父那麼偉大，你不笑我，我已感激得很了！」

我道：「你能指出人類災禍的根源，只叫人感到心情沉痛，怎會好笑——你是怎麼來的，進入苗疆之後，又發生了一些甚麼事？」

鐵天音道：「在老十二天官的記錄之中，知道了外星人確切在在，我就下了決心，我由北而南進入苗疆，邊疆軍區的司令員，以前是我爸手下的一個排長，他說，除了兵艦飛機，不歸他管之外，我要甚麼樣的裝備，都沒有問題！」

我道：「於是你要了直昇機，半自動步鎗，和小型火箭，你要火箭的作用是——」

（十四）媽媽的媽媽

鐵天音道：「我說過了的，外星人在天上飛來飛去，不發射火箭，如何吸引他們的注意？而且，我也不是瞄準了發射，外星人連虛驚也不會有，卻可以發現我。」

我發出了一下類似呻吟之聲，鐵天音道：「一下機，那是老十二天官提到過他們曾遇仙的山頂，我忽然覺得自己的情緒，難以控制，山頂又沒有人，所以我就狠狠地掃了一通鎗，發洩了一下。」

我向十二天官一指：「當時，他們在，只是躲得好，你沒有發現——」

鐵天音聽了，先是怔了一怔，接著，就苦笑了一下——他自然知道他在「發作」的時候，樣子不是很好看，是一個十足的瘋子。

鐵天音停了片刻，又道：「我駕機離開，在半空中，就看到了有發光的生物，在急速移動，我立刻就想到，那一定是你們提到過的『發光的背心』和『銀猿』，所以我就覓地降落，只可惜那軍用小直昇機性能不佳，在着陸時摔了一下，我要不是見機，也就成了廢鐵堆中的無名碎屍了！」

我也聽得冒冷汗——那是在我們到苗疆前的事了，我問：「你背上的傷，是那次造成的？」

鐵天音縮了縮肩頭：「不是，那是銀猿抓的！」

何先達一看傷痕，就說是「獸爪所傷」，我也想到可能是銀猿造成的。鐵天音明知銀猿的來歷，為甚麼還會和牠們起那麼嚴重的衝突？

鐵天音伸手在額角上敲了一下：「或許我做錯了一件事——我脫險之後，看到銀猿在離我大約一百公尺處，其中一頭，穿了一件『發光的背心』，我知道這背心事關重要，可是銀猿蹤躍如飛，實在沒有法子追上牠們，我發出各種聲音，牠們都不肯接近我，我知道牠們也在注視我，為了吸引牠們，我向天鳴鎗。」

鐵天音說到這裡，望住了我，我沉聲道：「那不算錯，換了我，也會那麼做！」

鐵天音歎了一聲：「可是引起的後果，卻可怕之極，尋常的猿猴聽到了鎗聲會逃走，但是靈猴是跟過外星人的，不同凡響，非但不怕，反倒迎了上來——這本是我意料之內的事，可是料不到的是，牠們的來勢，如此之快，疾撲了上來，一個一伸臂，已把步鎗奪了過去，我大吃一驚，想去奪回來，另一個已經攻向我的背部，在我背上抓了一下，痛得我跌倒在草叢中。」

我又閉上了眼睛——我們曾發現那草叢，有軍靴的腳印，也有血跡，當時，無論如何，也想不到那會是鐵天音的血！

鐵天音續道：「我知道自己傷得不輕，幸好我有救急包，就草草包紮，眼看著兩頭銀猿，把步鎗拋來拋去戲耍，我心知危險之極，可是無法阻止。而忽然之間，鎗聲響起，一頭銀猿扳動了鎗機，子彈射出，射中了另一頭銀猿，那中彈的銀猿，發出可怕的一下……半下叫聲，我想牠是立即死亡的。」

我、白素和何先達都不出聲，這時，我的思緒，一片紊亂，各種想法，走馬燈也似，團團亂轉。

鐵天音在繼續著：「闖禍的是穿了背心的那頭，牠先奔到已死的那頭前，悲嘯了幾聲，又掉轉鎗口，看來像是在研究何以忽然之間，這東西可以奪去生命。而就在這時，牠又觸動了板機，鎗聲響了幾下，我無法看清牠哪裡中了鎗，只聽得牠怪叫一聲，拋開了鎗，一把抱起死猿，就竄進了密林之中。」

他講到這裡，停了一停：「我傷口痛得厲害，自然更沒有法子去追牠們了，你們是在甚麼地方發現牠們的，那發光的背心呢？」

白素歎了一聲：「等一會，全會告訴你。」

我也歎了一聲：「後來，你就到了那山洞中？」

鐵天音點頭：「是，我要找地方養傷，想起衛叔你提到過的那個山洞，就找了去，才進山洞，或許由於傷處太痛，我又不能控制自己……唉，那些骸骨卻遭了殃，我連再看一眼的勇氣也沒有，就離開了。」

他說到這裡，我向他作了一個手勢，示意他不必再說下去了，因為他已解釋過為甚麼要發射火箭。

他沒有殺銀猿，反倒是銀猿傷了他。

我對他所作的假設，完全錯了！

這時，在我雜亂的思緒之中，忽然冒出了一個想法來，也自然而然，把這個想法，叫了出來：「主觀，認為自己一定是對的，也是人類的禍根！」

我已說過，我的思緒很是紊亂，所以才會冒出這樣一句話來。我相信白素可以明白，在這句話中，我是在自己責備自己的自以為是。

但是鐵天音卻不知道我曾把他設想得如此不堪，可是他接下來所說的，卻也可以合得上榫，他先是苦笑了一下：「永遠正確。」

我附和了一句：「人人都認為自己是正確的！」

鐵天音搖頭：「那不能算是禍根，一個老人，就算他自己認為永遠正確，如果他沒有權力，他也無法把他的瘋狂正確加在他人的身上，他要瘋，只是他一個人瘋，與其他人沒有關係。但如果他有權力，那就成了災禍！」

我深吸了一口氣：「分析得是——如果外星人答應了，你想他們會怎麼做？」

鐵天音指著自己的頭部：「把『權力』的概念，徹底從全人類的腦中除掉！」

我聲音苦澀：「太幻想了！」

白素沉聲道：「或許，不應該求外星人來消除這個禍根，人類自己也可以做得到！」

我和鐵天音都睜大了眼睛，望向白素。

白素不急不慢地道：「任何人，擁有權力，都要有權力行使的對象，正因為有那麼多人屈服在權力之下，才會有權力這回事，若是人人對權力的擁有者的發號施令當耳邊風，不去聽他的，權力自然也不再存在了——有奴隸，才有奴隸主；有服從的，才有發命令的！」

鐵天音呆了一回，很是沒精打采：「是地球人……自己不好？」

我同意白素的說法：「對，是人類自己不好，是許多人把權力給了少數人，許多人不給，少數人也就根本不會擁有任何權力，災禍是受災人自己製造出來的。」

何先達喃喃地道：「是，我就製造了一個災禍，害了她……害了她……」

他說到後來，突然嗚咽了起來，而我們都不知如何安慰他才好。

而我和白素，開始一五一十，把我們發現銀猿的屍體之後的一切事情，以及我的設想，全都告訴了鐵天音。

鐵天音聽得駭然：「這也難怪，因為一切的『旁證』，都證明了我是一個失去了常性的嗜殺狂。」

他在這樣說的時候，並沒有責備我的意思，我坦然道：「要不是你毀去了老十二天官的記錄，我也不會一切都向壞的方面去想。」

鐵天音感歎：「所以，人不能做一次壞事，紅綾遇到外星人了？猜猜外星人會給她些甚麼？」

他在突然之間，轉了話題，表示他不想再在「誤會」這個話題上再討論下去。

而白素忽然神情緊張起來，抓住了我的手，甚至聲音也有點發顫：「我……是想……想我能見一見母親。」

由於她這個願望是如此強烈，所以她在說的時候，也特別緊張。

這時，我對於外星人和紅綾的會見經過，一無所知，也不知紅綾是不是知道白素有這個願望，所以我全然無法搭腔，我只好道：「等紅綾回來，看她怎麼說。」

正在說著，忽然外面又人聲喧嘩，峒主的聲音很響亮地在叫：「天官……天官……」

十二天官把門打開，峒主仍在叫：「那大鐵鳥上有怪聲音傳出來。」

藍家峒的苗人，一直把杜令留下來的那直昇機叫「大鐵鳥」，敬而遠之，忽然有怪聲傳出，自然當成了是頭等大事，所以吵了起來。

這時，我也已聽到了在直昇機停泊的方向，傳來了一下又一下刺耳的聲響——那是通訊儀發出的訊號，但平時並沒有這樣響亮，此時一定是接受了特別強烈的訊號，所以才會如此吵耳。

我和白素並肩向前掠出，當然，在何先達這位武術高人面前，在十二天官面前，我們少不得賣弄一下，果然，兩人一向前飛射而出，身後就傳來了一片喝采聲。

何先達若是要發力，很快就可以趕在我們前面，但是他和十二天官，始終只是跟著，不一會，到了直昇機旁，我和白素掠了上去，白素一進機艙，就按下了一個掣鈕，立時聽到了紅綾的聲音：「爸……媽……」

我們齊聲答應，紅綾大是高興：「真能和你們講話。」

我喝道：「廢話少說，你在哪裡？」

紅綾卻答非所問：「你們快來！」

白素平日最沉得住氣，這時也不禁道：「你這孩子，你在哪裡啊？叫我們來！」

紅綾的聲音很興奮：「你只要起飛，導航儀就會指示飛行的途徑。我媽媽的媽媽，也就是你的媽媽說，這東西雖然七拼八湊，倒也實用，快來啊！」

白素呆若木雞，我相信她在聽到紅綾說了「我媽媽的媽媽，也就是你的媽媽」這句話之後，已經整個人都呆了。別說是她，我已呆了一呆，也已攀上艙來的何先達和鐵天音，發出了「啊」地一聲驚呼，他們自然知道紅綾口中的那個囉里囉唣的稱呼，指的是甚麼人！

我在一呆之後，立時開始行動，準備起飛。鐵天音叫了一聲：「衞叔！」

我明白他的意思，是想跟了去，這不禁令我猶豫，因為不論從那一方面來看，紅綾的媽媽的媽媽，也就是白素的媽媽，脾氣怪之已極，甚至接近乖僻，若是她不喜歡另外有人在場，那豈不糟糕？

鐵天音也是乖覺人，一見我面有難色，他就道：「代我提那個要求！」

我道：「好！好！」

鐵天音轉過頭去，對何先達道：「何先生，我腦中的毛病，要靠你了！」

何先達點頭：「只管試試！」

他們兩人說著，已經躍了開去，我一秒鐘也沒有耽擱，就把直昇機飛上了天。果然，導航儀的熒屏上，立刻有了指示。

直到這時，白素才回過面來，她的聲音有點異樣：「紅綾這孩子，剛才說了甚麼？」

我把紅綾的話，重覆了一遍，白素把手按住心口，又是緊張，又是好笑：「這孩子，怎麼連婆婆都不懂得叫，甚麼媽媽的媽媽！」

白素的話才一出口，就又聽到了紅綾的聲音：「我懂得叫，可是媽媽的媽媽不讓叫，我也覺得是，她又不老，叫婆婆，多難聽？」

我也興奮得全身發熱，一聽得陳大小姐不讓紅綾叫「婆婆」的原因，原來是怕把她叫老了，我想笑又不敢笑，只覺有趣之至。

白素的聲音有點發顫：「你媽媽的媽媽……我的媽媽，就在你的身邊？」

紅綾在幾秒鐘之後，才有回答：「我可以看到她，她也可以看到我，可是她不在我身邊。她，她在離我很遠很遠的地方！」

我和白素齊聲：「電視！」

紅綾又道：「不，比電視真得多，就像真的一樣，可是卻碰不到她——你們到了就明白了！」

白素低歎了一聲：「立體投影！」接著，她又長歎了一聲，「到底還是見不到她！」

我忙道：「可以見到，而且，已經聯絡上了，還怕以後沒有機會嗎？」

白素的神情，很是迷惘，我操縱著直昇機，依照指示，一直向西北方向飛，紅綾沒有再傳話過來，大約半小時之後，有了降落的指示，我降低了飛行的高度，看到下面，崇山峻嶺之中，有一個石坪，有人站在石坪上，雙手揮舞，正是紅綾。

白素在這時，握住了我的手，手冷得很。我知道這是一種「近鄉情更怯」式的心理反應，就緊握住了她的手。不一會，直昇機降落，艙門打開，紅綾跳了上來，指著一個山洞：「那裡面！在那裡面！」

不多久，我們就知道，那個山洞，就是當年烈火女居住的山洞，也就是白老大和陳大小姐曾住過的山洞，白素的哥哥白奇偉，就在這山洞中出生。

根據蠱苗的「公主」金鳳說，山洞的後半部，就是「神仙」的住所——紅綾領著我們進去，就直趨山洞的後半部，那是外星人的基地。

白素一下直昇機，就說了一句：「我認得出這地方，真的！」

白素說甚麼，我都相信，但是這句話，我卻「存疑」，因為白素那時，才出世三天不到，就由白老大帶著離開了，三天大的幼嬰，怎麼可能有記憶？可是白素一再堅持「似曾相識」，我也只好姑妄聽之。

通過了一道形式很特異的門，進入了山洞的後半部，才一跨過去，就看到一個美婦人，坐在一張很是精緻的古典椅子上。

那美婦人，看來和白素，也就是差不多年紀，難怪她不肯讓紅綾叫她「婆婆」——雖然變成了外星人，地球女性的心態不變，很是有趣。

白素先是陡地一震，接著就待向前撲去，我連忙一把拉住了她，提醒：「是立體投影！」

白素張開了口，又合上，再張開，好一會，才叫出了一個字來：「媽！」

我也跟著叫了一聲，那美婦人，白素的媽媽，陳大小姐，現在很是感慨的神情：「難為你們了，我行為乖張，難為你們了！」

她自認「乖張」，別人自然不能認同，我先道：「誤會，全是一場誤會，所有當年發生的事，我們全弄清楚了，全是誤會！」

白素也說道：「你在外星，回不回地球來？我……我好想抱抱你，我……甚至沒讓你抱過！」

白素的媽媽深吸了一口氣：「抱過的，你一出生，我就緊抱著你，足足一天，沒有鬆過手，因為我知道以後再抱不著了！」

白素抹著不由自主湧出來的淚水：「我去找哥哥，叫他來看你！」

白素得到的回答是：「不必了，我和地球，已再無關係，要不是不放心紅綾，我也不會和你相見，別再奢求，別的事，問紅綾吧！」

白素大叫一聲：「媽！」

可是隨著她的叫聲，眼前的景象，突然消失，白素跨出幾步，呆立在當地。

我走了過去，輕擁著她，低聲道：「別忘了她塵緣已了，成了仙！」

白素還在欷歔低迴，我轉向紅綾：「原來多虧了你，不然，你媽媽見不到媽媽！」

這時，我才打量了一下那山洞，看到了不少不知名的儀器和裝置——對於這一類外星人的基地，我並不陌生，見過很多次了。

紅綾興高采烈，手舞足蹈：「那背心一把我帶上了天，我就聽到了她的聲音，教我怎麼飛到這裡來，見了她，我又飛回來找你們，媽媽的媽媽教了我許多許多東西，她罵兩頭靈猴，沒把我照顧好，也說一直不放心我，因為是她把我帶到苗疆來的！」

我望著紅綾，發現她整個人像是多了一重靈氣，我不禁問：「她教了你一些甚麼？」

紅綾卻笑得有點神秘：「太多了，這裡的東西，我都會用。」

白素陡然叫了起來：「那就請她再現身一會！」

紅綾卻搖頭：「就是這一點，她沒教我！」

一時之間，我和白素盯著她看，竟不知她是在說真話還是假話。

看來，她從她媽媽的媽媽處，學會的東西，還真不少！

紅綾又道：「我不想把那『背心』帶回去，會嚇死別人，可是我想時時到這裡來！」

我和白素互望了一眼，心中想到的全是：女兒成熟了，長大了！

所以我們齊聲道：「可以——你長大了，自己喜歡怎麼樣，都可以，讓我們知道就可以了！」

紅綾高興莫名，衝過來抱住了我們。

等到我想起怎了代向鐵天音提那個要求時，已經是和鐵天音一起在歸途上了。

鐵天音感歎：「不提也罷，我也想過了，當然是地球人自己不爭氣——沒有人服從權力的指揮時，何來權力這回事！」

我拍著他的肩頭，只盼何先達的內家氣功，已然醫好了他幼遭慘禍而形成的疾病。

（完）

多情系列

1 三生石 孔 昭著（二版）
2 今夜沒有約 嚴 沁、梁鳳儀等著（三版）
3 絕對討厭的女孩 羅穎思著（一版）
4 鬼城 賈平凹、梁鳳儀等著（三版）
5 女兒經 程乃珊著（一版）
6 雲水依依 夏小詩著（一版）
7 道是無情 汪曾祺、羅芙榮、梁鳳儀等著（一版）
8 燃燒彩虹 孔 昭著（二版）

嚴沁浪漫小說系列

1 夏之迷惑（二版）
2 無情谷（四版）
3 也是重逢（三版）
4 盈雪（二版）
5 長街（二版）

寫眞小說系列

1 還似無情 張寶兒著（三版）
2 嫁後 張寶兒著（三版）
3 撲蝶 張寶兒著（一版）
4 回首已三生 張寶兒著（一版）

＊即將出版

實用系列

1 兩餸一湯(一) 李曾鵬展著 (二版)
2 居室風水 芳草軒著 (二版)
3 風水新講場 宋韶光著 (七版)
4 兩餸一湯(二) 李曾鵬展著 (三版)
5 家庭實用療方 李 南著 (二版)
6 家事錦囊 李陳雅賢著 (二版)
7 職業婦女三餐樂 蔡麗容著 (二版)
8 斗換星移說命運 戴添祥著 (二版)
9 法律八寶飯 毛錫强著 (二版)
10 猴年運程 蔡興華著 (二版)
11 生意經 李寶光著 (一版)
12 名厨巧手菜 陳 東著 (二版)
13 靈測玄機 阿 樂著 (三版)
14 兩餸一湯(三) 李曾鵬展著 (二版)
15 九二年加國 霍子孟著 (二版)
移民指引
16 鐵板神數趣談 阿 樂著 (三版)
17 吃雞百變法 蔡麗容著 (二版)
*18 滋補粥品 戴麗娣著
*19 風水百答 宋韶光著

奇案系列

1 撕票 林 蘊著 (一版)
2 千里追兇 捍衛者著 (一版)

推理小說系列

1 重 殺 施 雨著 (一版)

余過四人夜話系列

1 轉世 (三版)
2 殘酷蜜月 (四版)
3 重返前生 (二版)
4 偷魂 (三版)

智慧系列

1 墨趣 謝宏中著 (一版)
2 箴言精選 何文滙著 (一版)
(增訂版)
3 王子復仇記 何文滙著 (一版)
4 論道德的起源 尼 采著 周 紅譯 (一版)
5 藍田日暖 蔡炎培著 (一版)

經濟日報叢書

1 高官厚錄 陳毓祥等訪問錄 (二版)
2 力爭上游 姜趙玉蓮著 (一版)
3 人生網絡 麥華章著 (一版)

* 即將出版

散文系列

1 不甘寂寞 邵國華著（二版）
2 八方羣英 岑逸飛著（一版）
3 廣告高興坊 潘啟迪著（一版）
4 過眼雲烟 林洵著（一版）
5 兩談食性 王亭之、姚香雄著（一版）
6 倪震的心 倪震著（一版）
7 彷彿是昨天 黃霑著（四版）
8 你不是我最好的朋友 鄺世安、林竺霓著（一版）

梁鳳儀散文系列

1 財來自有方（五版）
2 誰可叮嚀（三版）
3 再戰江湖（三版）
4 不記當年（三版）
5 心想事成（三版）
6 勝者爲王（三版）

梁鳳儀財經小說系列

1 醉紅塵（十二版）
2 九重恩怨（十二版）
3 花魁劫（九版）
4 信是有緣（十一版）
5 鎖清秋（八版）
6 惆悵還依舊（八版）
7 飛越滄桑（八版）
8 異邦紅葉夢（五版）
9 笑春風（五版）
10 昨夜長風（八版）
11 誓不言悔（五版）
12 激情三百日（五版）
13 花幟（八版）
14 强人淚（八版）
*15 今晨無淚
*16 灩藍天
*17 有鳳來儀
*18 當時已惘然

* 即將出版

親愛的讀者們：

希望你們會喜歡勤＋緣出版社的書籍。我們努力從事出版事業，若要有理想成績，必須獲得你們的支持、指導和勉勵！

尊重讀者的意見是我們工作的宗旨，因爲沒有你們的關懷，我們不可能進步。懇請你們把以下的表格填寫，剪寄：香港德輔道中61號華人銀行大厦1108室，勤＋緣出版社收。

我們也會定期跟讀者保持聯絡，向你們報導有關本港暢銷書的出版情況、勤＋緣出版社的新書以及聯同屈臣氏書店或香港各大書店舉辦的讀者活動。敬祝

身心愉快！

梁鳳儀

一九九一年一月一日

敬請讀者填寫以下表格

逕寄：香港德輔道中61號華人銀行大厦1108室勤＋緣出版社收

姓名：＿＿＿＿＿＿＿＿

性別：＿＿＿＿　年齡：＿＿＿＿

地址：＿＿＿＿＿＿＿＿

電話：（公司）＿＿＿＿＿＿

（住宅）＿＿＿＿＿＿

傳眞號碼：＿＿＿＿＿＿

意見：＿＿＿＿＿＿＿＿

勤＋緣出版社